[武志红 主编]
可以让你变得更好的心理学书

德米安：彷徨少年时

[德] 赫尔曼·黑塞 Hermann Hesse 著
任兵 译

北京联合出版公司
Beijing United Publishing Co.,Ltd.

图书在版编目（CIP）数据

德米安：彷徨少年时 /（德）赫尔曼·黑塞著；武志红主编；任兵译. -- 北京：北京联合出版公司，2022.8
（可以让你变得更好的心理学书）
ISBN 978-7-5596-6158-6

Ⅰ.①德… Ⅱ.①赫… ②武… ③任… Ⅲ.①长篇小说—德国—现代 Ⅳ.①I516.45

中国版本图书馆CIP数据核字(2022)第077056号

德米安：彷徨少年时

Demian: die geschichte von emil sinclairs jugend

著　　者：[德]赫尔曼·黑塞
主　　编：武志红
译　　者：任　兵
责任编辑：孙志文
特约编辑：陈　静
封面设计：WONDERLAND Book design
　　　　　仙境 QQ:344581967
装帧设计：季　群　涂依一

北京联合出版公司出版
（北京市西城区德外大街83号楼9层　100088）
北京联合天畅文化传播公司发行
北京中科印刷有限公司印刷　新华书店经销
字数170千字　640毫米×960毫米　1/16　13.25印张
2022年8月第1版　2022年8月第1次印刷
ISBN 978-7-5596-6158-6
定价：42.00元

版权所有，侵权必究
未经许可，不得以任何方式复制或抄袭本书部分或全部内容
本书若有质量问题，请与本公司图书销售中心联系调换。电话：（010）64258472-800

| 总序

可以让你变得更好的心理学书

一本好书，一个灯塔

| 武志红 |

今年，我 44 岁，出版了十几本书，写的文章字数近 400 万字。并且，作为一名心理学专业人士，我也形成了对人性的一个系统认识。

我还可以夸口的是，我跳入过潜意识的深渊，又安然返回。

在跳入的过程中，我体验到"你注视着深渊，深渊也注视着你"这句话中的危险之意。

同时，这个过程中，我也体验到，当彻底松手，坦然坠入深渊后，那是一个何等美妙的过程。

当然，最美妙的，是深渊最深处藏着的存在之美。

虽然拥有了这样一些精神财富，但我也知道苏格拉底说的"无知"之意，我并不敢说我掌握了真理。

我还是美国催眠大师米尔顿·艾瑞克森的徒孙，我的催眠老师，是艾瑞克森最得意的弟子斯蒂芬·吉利根，我知道，艾瑞克森做催眠治疗时从来都抱有一个基本态度——"我不知道"。

只有由衷地带着这个前提，催眠师才能将被催眠者带入到潜意识深处。

所以我也会告诫自己说，不管你形成了什么样的关于人性的认识体系，都不要固着在那里。

不过，同时我也不谦虚地说，我觉得我的确形成了一些很有层次的认识，关于人性，关于人是怎么一回事。

然后，再回头看自己过去的人生时，我知道，我在太长的时间里，都是在迷路中，甚至都不叫迷路，而应该说是懵懂，即，根本不知道人性是怎么回事，自己是怎么回事，简直像瞎子一样，在悬崖边走路。

我特别喜欢的一张图片是，一位健硕的裸男，手里拿着一盏灯在前行，可一个天使用双手蒙上了他的眼睛。

对此，我的理解是，很多时候，当我们觉得"真理之灯"在手，自信满满地前行时，很可能，我们的眼睛是瞎的，你走的路，也是错的。

在北京大学读本科时，曾对一个哥们儿说，如果中国人都是我们这种素质，那这个国家会大有希望。现在想起这句话觉得汗颜，因为如果大家都是我的那种心智水平，肯定是整个社会一团糟。

这种自恋，就是那个蒙上裸男眼睛的天使吧。

© 2006 Steven Kenny

  所幸的是,这个世界上有各种各样的好书,它们打开了我的智慧之眼。

  一直以来,对我影响最重要的一本书,是马丁·布伯的《我与你》。

  我现在还记得,我是在北大图书馆借书时,翻那些有借书卡的木柜子,很偶然地看到了这个书名《我与你》,莫名地被触动,于是借阅了这本书。

  这对我应该是个里程碑的事件,所以记忆深刻,打开这个柜子抽屉的情形和感觉，现在还非常清晰，好像就发生在昨天。

这一本书对我触动极大，胜过我在北大心理学系读的许多课程，我当时很喜欢做读书笔记，而且当时没有电脑，都是写在纸质的笔记本上。我写了满满的一本子读书笔记，可一次拿这个本子占座，弄丢了，当时心疼得不得了。

不过，本子虽然丢了，但智慧和灵性的种子却种在了我心里，后来，每当我感觉自己身处心灵的迷宫时，我都会想起这本书的内容，它就像灯塔一样，指引着我，让我不容易迷路。

那些真正的好书，就该有这一功能。

在《广州日报》写心理专栏时，我开辟了一个栏目"每周一书"，尽可能做到每周推荐一本心理学书，专栏后来有了一定的影响力，常有读者说，看到你推荐一本书，得赶紧在网上下单，要是几天后再下单，就买不到了。

特别是《我与你》这本书，本来是很艰涩的哲学书，也因为我一再推荐，而一再买断货，相当长时间里，一书难求。

现在，我和正清远流文化公司的涂道坤先生一起来策划一套书，希望这套书，都能有灯塔的这种感觉。

我和涂先生结缘于多年前，那时候涂先生刚引进了斯科特·派克的《少有人走的路》。很多读者在读完后，都说这是一本让人振聋发聩的好书，然而在当时，知道它的人很少。我在专栏上极力推荐这本书，随即销量渐渐好了起来，成为了至今为人称道的畅销书。然而，那时我和涂先生并不认识，直到去年我们才见面相识，发现很多理念十分契合，说起这件往事，也更觉得有缘，于是便有了一起策划丛书的念头。

我们策划的这套丛书，以心理学的书籍为主，都是严肃读物，但它们都有一个共同点：作为普通读者，只要你用心去读，基本都能读懂。

并且，读懂这些书，会有一个效果：你的心性会变得越来越好。

同时，这些书还有一个共同点：它们都不会说，要束缚你自己，不要放纵你的欲望，不要自私，而要成为一个利他、对社会有用的人……

假如一本书总是在强调这些，那它很可能会将你引入更深的迷宫。

我们选的这些书，都对你这个人具有无上的尊重。

因为，你是最宝贵的。

我特别喜欢现代舞创始人玛莎·格雷厄姆的一段话：

有股活力、生命力、能量由你而实现，从古至今只有一个你，这份表达独一无二。如果你卡住了，它便失去了，再也无法以其他方式存在。世界会失掉它。它有多好或与他人比起来如何，与你无关。保持通道开放才是你的事。

每个人都在保护自己的主体感，并试着在用各种各样的方式，活出自己的主体感。只有当确保这个基础时，一个人才愿意敞开自己，否则，一个人就会关闭自己。

人性的迷宫，人生的迷途，都和以上这一条规律有关，而一本好书，一本好的心理学书籍，会在各种程度上持有以上这条规律，视其为基本原则。

可以说，我们选择的这些书，都不会让你失去自己。

一本这样的好书，都建立在一个前提之上——这本书的作者，他在相当程度上活出了自己，当做到这一点后，他的写作，就算再严肃，都不会是教科书一般的枯燥无味。

这样的作者，他的文字中，会有感觉之水流，会有电闪雷鸣，会有清风和青草的香味……

总之，这是他们真正用心写出的文字。

每一个活出了自己的人，都是尚走在迷宫中的我们的榜样，而书是一种可以穿越时间和空间的东西，我们可以借由一本好书，和一位作者对话，而那些你喜欢的作者，他们的文字会进入你心中，照亮你自己，甚至成为你的灯塔。

愿我们的这套丛书，能起到这样的作用：

帮助你更好地成为自己，而不是教你成为更好的自己，因为你的真我，本质上就是最好的。

| 导读

破戒即成长

| 武志红 |

在北大心理学系读书时,总觉得一些心理学大师让我不够佩服,而一些哲学家、文学家和艺术家更让我叹服,也觉得他们的书好像更能启发我了解人性,比如,诺贝尔文学奖得主赫尔曼·黑塞的传世之作《德米安:彷徨少年时》就属于这类。

因为一次冲动的吹牛,家风严谨的辛克莱遭遇了空前危机,多亏一名叫德米安的同学将他解救出来。德米安是个备受争议的少年,他的出现,让辛克莱的生活掀起巨浪,辛克莱领略到了"另一个世界"的魅力,并由此走出熟悉的环境,跌跌撞撞寻求自我成长的路径。

本书名为"彷徨少年时",但所讲述的种种困惑,却贯穿每个人的一生。无论哪个年龄段翻阅,都受益匪浅。其中很多情节看似不可思议，像一场关于青春的幻梦，但人物的诸多感悟，却又是那么真实且惊心动魄，每一句都砸在心上，让人醍醐灌顶。而最让我感到震撼的，是围绕着"该隐的印记"所发生的一系列故事。

成长是一场漫长的"越界"

该隐是《圣经》中的人物，是臭名昭著的杀害手足者，被人们唾弃为"世界上所有恶人的祖先"。传说上帝为了避免他遭人报复，在他的额头留下了印记，而这印记也成了罪孽的象征。

然而，在《德米安：彷徨少年时》中，该隐却有了另外一重全新的身份——破戒者。德米安告诉辛克莱，该隐或许不是因为悔罪才有了印记，而是因为他生来不凡，敢于打破陈旧的禁忌，人们不想承认对他的敬畏，于是编造出了该隐行凶的故事，为自己内心的恐惧找到合理的出口。

该隐到底是凶残的恶人，还是桀骜的破戒者？我们其实无从考证，但这个猜想本身，就已经具备了破坏力，足以破除某种重要的界限。而该隐的印记更成了一种投射，既投射出他作为破戒者的勇敢，也投射出旁观者的怯懦。两种相反的心理重合在同一个印记上，于是该隐额头上的印记便有了一种特殊的震慑力。

这看似是个和印记有关的故事，实际上，讲述的是人的成长。而很多人第一次体会"我长大了"，就是从触犯禁忌开始的。

一位朋友讲述过他记忆中的"成长瞬间",是在高三时候接过了同学递给的一支烟,他当然知道这违反校规,但是那一刻,他的心里却有种恶作剧般的窃喜。这位朋友父母家教极严,他时常感到窒息,尤其是高三阶段,他对父母为他规划的未来并不喜欢,但是一直不敢说出来。而这一支烟,成了他反抗束缚的心理道具,他觉得自己破坏了某种规矩,但同时,也获得了某种自主的力量。那天回家后,他忍不住对父母讲了自己的真实想法,虽然因此大吵一架,但是最终在填报志愿时,父母没有再独断专行。

很多人的成长,都是从这样的越界开始,一支烟、一杯酒,甚至一句脏话,我们偷偷去做这些被长辈严格禁止的事情。这种行为与憎恶无关,而是源于生命原始的萌动,当父母等权威们缔造的"光明世界"无法容纳下我们,我们便会通过走出边界,将熟悉的世界击打出一道缝隙。

这一刻对于每个人都意义深远,甚至堪称里程碑。在书中,当辛克莱受到小混混要挟、失魂落魄地回到家后,因为弄湿鞋子受到了父亲训斥,那一刻,辛克莱生出了对父亲的轻蔑,觉得父亲对自己一无所知,而以父亲为代表的"光明世界"不再能装下全部的他时,辛克莱迈出了那道边界。遭遇小混混肯定不是什么值得庆贺的事,但是由此对父亲所产生的质疑,却意义非凡。父亲代表着权威世界的边界,学会了质疑父亲,辛克莱也就开始挣脱某种抑制生命力的界限。"每个希望成为自己的人,都会经历这一刻。这一体验中包含着命运之核的走向。"书中这样记录道。

这种越界并非是一次性的，而是会在一生中不断爆发。换个角度说，所有界限都会变成路标，被我们甩在身后。书中，主人公辛克莱就是通过不断越界而持续获得成长，先是逃出父辈构建的"光明世界"，然后挑战纸醉金迷的生活，还遗忘了梦中情人，疏离了朋友，甚至撼动了信仰。将这些界限一次次甩在身后，是需要极大勇气的，因为那意味着要和亲人、恋人和友人一次次分离，就如书中所说："对于心怀强烈道德感的人们来说，'忘恩'和'负义'的可耻骂名会自动在心头响起，让受惊的心赶忙逃回童年的无忧谷，拒不承认这种分离是必然的，也拒绝相信他们之间的脐带必须割断。"

越界，是一种对界限的破坏，这破坏是内心生命力的投射。就像是动物蜕皮，皮肤是一道界限，有保护作用，但当自我生长到一定程度，皮肤也就成了阻碍，必须打破这层封锁，不断挣脱旧的外壳，才能继续壮大，拥有更强的自我。一次越界就像是一次充电，书中的辛克莱和书外的我们，都可以由此实现蜕变。

接受生命的混沌，从中寻找该走的路

该隐的印记是一种结合体，敢于打破界限的人，不仅能从我们熟悉的"光明世界"里走出，还意味着要走入一个我们不熟悉的"黑暗世界"，经过这双重洗礼的人，才能唤醒印记。

一次和朋友自驾游，车经过一片山区，当时正值冬天，窗外一片萧瑟，没什么好景致。朋友家的孩子坐在旁边，却显得饶有兴致，双目炯炯地看着外面，脸几乎要贴在窗户上。

我好奇地问他在看什么，他用手一指："你看，隧道。"

前面确实有隧道，但看起来和我们刚刚经过的那些隧道没什么差别，我问："你喜欢隧道？"

孩子点点头："经过隧道时候是暗的，出了隧道是亮的，一会儿暗，一会儿亮，我们就走出好远了。"

黑白交替，交错前行，这是人生的前进模式。

赫尔曼·黑塞在他的另一部著作《荒原狼》中写过这么一段话："万物之始并非是圣洁单纯；万事万物，即使是那些表面看起来最简单的东西，一旦造就，那它们就已经有罪，就已经是多重性格的，就已经被抛进了肮脏的变异之河，它再也不能逆流而上，通向无辜，通向本源。"

这道出了一个我们必须正视的现实：世界本就是混沌的，黑暗与光明永远并存，都是天性的一部分，并且都可滋养我们，混沌比任何单纯的光明或黑暗都有力量。

对于这一点，我个人深有体会。我曾经患过两年的抑郁症，那段经历就像是车驶入了黑暗的隧道，我置身在生命的阴影中。但正是在这阴影中，我才有机会向内观察自己，这种内观极其重要，我看到了真实的自我，接纳了自身的阴影，也感受到了混沌的力量。那是一种复杂而强悍的力量，极具破坏力，也极具生命力。最终，混沌帮助我打破了内心的界限，就像是河流彼此打通的河道，生命力喷薄而出，治愈了我的抑郁症。这段经历让我至今难忘，我跳入深潭，又安然返回，变得比以前更强大。

在《德米安：彷徨少年时》中，该隐就是一个混沌的存在，他身负骂名，但是又有着勇士的一面，他比一般人更加完整，也更懂得自己的使命。书中的德米安不断告诉辛克莱，每个人都应该供奉一个完整的世界，在供奉上帝的同时，也必须礼敬魔鬼。为了充分说明这一点，作者还借用了"阿布拉克萨斯"，将该隐的使命进行了一次神话式的投射。阿布拉克萨斯是位特殊的神灵，光明的世界和黑暗的世界集于他一身，他于是成了超越众神之神，成了上帝本身，也成了世界本身。

接受混沌，并非是推崇恶行，而是要拥抱阴影，拥抱真实的世界，敢于去相信人们质疑的一切，也要敢于去质疑人们相信的一切。

放眼整个世界，我们会发现，任何能推动世界向前的力量，都是没有任何属性的，比如风、雨、空气、山川土地，四节更替。它们或许会在某一刻呈现为魔鬼一样的灾害，但也会在某一刻像神灵一样拯救生命。在这种交替共存中，每个人都能拥有不断扩大自我疆域的可能。

最后，借用书中的一句话作为结尾，希望所有人都能唤醒自己的印记："我们唯一的义务和命运，就是活成我们自己，忠于大自然埋藏在我们之内的种子，并将它活出来。从这个意义上讲，我们每个人都找到了各自的未来。"

目 录
CONTENTS

前　言　　　　　　　　　　　　　　　　　　　*1*

第一章　两个世界　　　　　　　　　　　　　　*001*

第二章　该　隐　　　　　　　　　　　　　　　*023*

第三章　强　盗　　　　　　　　　　　　　　　*049*

第四章　梦中情人——贝雅特丽齐　　　　　　　*073*

第五章　雏鸟挣脱蛋壳　　　　　　　　　　　　*097*

第六章　雅各与天使之战　　　　　　　　　　　*119*

第七章　夏娃夫人　　　　　　　　　　　　　　*145*

第八章　结局拉开了序幕　　　　　　　　　　　*175*

前 言

通往真实自我的道路，

是我唯一的方向。

可为什么，

这条路遍布荆棘？

我的故事要从很久很久以前讲起，如果可能的话，我真想追溯到自己两三岁的时候，甚至追溯到祖辈们的经历。

作家写小说的时候，总爱用上帝视角处理故事，仿佛所有人物的悲欢离合都应和着某种道理，而他们作为幕后的"上帝之眼"，可以看破一切迷障，将原委娓娓道来。而我却做不到如此通透，即使我比任何小说家都更加珍视我的故事，因为这故事的主角不是个虚构的、无中生有的、理想化的人物，而是一个有血有肉的、只来这世上走一遭的、活生生的人——是的，也就是我本人。什么叫作"活生生的人"呢？在当今这个时代，这个问题恐怕比任何时候都更难回答吧。每个人的生命都是大自然的惊鸿一笔，而我们作为上天的心血，却在肆无忌惮地相互屠戮。除去这仅有一次的生命本身，我们身上一定还有些其他的使命，若非如此，一颗子弹便可以抹去我们在世上的所有踪迹，讲述故事也就失去了一切意义。每个人绝不仅仅是他自己，更是这世界运行轨迹的伟大交汇点——绝无仅有，意义非凡。正因如此，每个人的故事都是伟大的、永恒的、神圣的；正因如此，一个人但凡活过一场，履行了大自然的使命，便不枉为人，便值得被瞩目。每个生命之中，都有圣灵的化身；每个生命之中，都有历劫的造物主；每个生命之中，都有被钉上十字架的主耶稣。

如今已鲜有人懂得"人"为何物，很多人感受到了这一点，于是更坦然地看待死亡，待我讲完眼下这个故事，也会更从容地向死而生。

我不是什么智者，我只是一个"寻找者"，曾经如此，现在亦然。但我早已不在星空和故纸堆里求索，而是开始倾听奔流于周身的血液，倾听那沉吟的教诲声。我的故事不是什么童话，没有虚构出来的华美情节，而是充满了荒诞与癫狂、疯魔与臆想。其实，如果我们停止自欺欺人的话，生活原本就是这副模样。

每个人的一生都是一段回归自我的旅程，在独一无二的道路上收获专属于自我的启示。尽管从未有人活出过全然的自我，但人人都在朝着这个方向尽力而为，或多或少地趋近这一目标。每个人的身上都残留着出生的印记，犹如雏鸟身上残留着蛋液和蛋壳，不过雏鸟迟早会脱胎换骨，而你我身上的原始性却会伴随终生。有些人从未真正做过人,他们终其一生都仅仅是一只青蛙、一只蜥蜴,或是一只蝼蚁;有些人甚至上半身是人,下半身是鱼。不管怎样,每种人生都是大自然造人的一部作品。我们皆由母亲所生,都是从同一扇大门来到人间,但我们脚下的道路却各不相同,只能独自向深处探索,实现各自的人生目标。诚然,我们可以在旅途中相识相知,但真正能够诠释一个人的,只有他自己。

两个世界

Demian: die geschichte von emil sinclairs jugend

第一章

十岁的时候，我正在我们小城的贵族学校读书，故事就从那时开始。

每当回忆起那段时光，我的心中便会涌起甜蜜的惆怅。小城里有漆黑的巷子、亮堂的屋舍和塔楼，有暮鼓晨钟和一张张熟悉的脸庞；一些屋舍里流淌着富足和柔情，而另一些屋舍里则包藏着秘密和鬼胎。还有女仆、小兔子、家用药箱以及干果蜜饯，这一切都在记忆中氤氲成温暖的馨香。两个世界在这里徐徐展开，如同从两极分化开来的白昼和黑夜。

其中的一个世界，就是我父母的房子。严格说起来，它的疆域甚至可以更小，小到只包括我的父母二人。我对这个世界几乎了如指掌，这里无外乎母亲与父亲，爱与规矩，榜样与学校。这个世界泛着柔光，窗明几净。人们彬彬有礼，双手干净，衣衫整洁。家中父慈子孝，兄友弟恭。清晨要颂唱圣歌，圣诞会好好庆祝。在这个世界里，通往未来的道路是黑白分明的。这里有义务和罪责，恶念与悔过；这里有宽恕和决心，爱意与敬意；这里还有《圣经》的教化和智慧的点拨。在这个世界里，人们必须端正自持，唯有如此才能确保人生的清澈纯粹，美好有序。

另一个世界，则是截然不同的面貌，我们家有一半处于这个世界里。这里弥散着另一种味道，讲着另一种话语，应许着另一种诺言，存在着另一种需求。这个世界里有女仆和工匠，有幽灵的传说，还有丑闻和八卦。恐怖神秘却又引人

第一章　两个世界

遐想的事物在这里汇聚成光怪陆离的河：屠宰场、监牢、酒鬼、聒噪的妇人、产崽中的母牛、失蹄的马匹。甚至还有关于入室盗窃、斗殴伤命和自寻短见的新闻。所有这些或美妙或凶狠、或狂野或残忍的事情，就环绕在我们的周围，要么在不远处的巷子里，要么在邻居的房子里。警察和流氓四处游走；烂醉的男人打了老婆；夜班结束后，年轻的姑娘们成群结队地走出工厂；女巫施咒，有人便应声病倒了；强盗藏身于丛林中，伺机而动；乡间猎人抓住了纵火犯……总而言之，这个世界幅员辽阔，几乎在哪儿都能嗅到来自这个世界的荒蛮之气，当然，我父母的居所除外。谢天谢地，我们总归还有一处平和、有序、安宁的所在。在这里，人们怀揣着良知、宽容和爱意，规规矩矩地履行义务。这里的一切都与另一个世界不同，什么喧嚣、刺目、阴暗和暴力，只要躲进母亲的怀里，这些便统统不存在。

神奇的是，这两个有着天壤之别的世界居然比肩而立！比如我们的女仆莉娜，她每晚都会坐在客厅的门旁祈祷，用嘹亮的嗓音与我们一同唱圣歌，洁净的双手垂在悉心抚平的围裙上，此时的她，与我的父母属于同一个世界，我们一同属于光明和正义。可当她在厨房里或者柴堆旁跟我讲"无头小人"的故事时，当她在肉铺里与女邻居吵得面红耳赤时，她便登时拥有了另一副面貌，归于了另一个世界，并淹没在了那个世界的隐秘之中。不仅莉娜如此，人人皆然，尤其是我。我是我父母的孩子，理应属于光明与正义的那个世界，然而我目之所及、耳之所闻的，却都是另一个世界，我自己也身处其中。尽管我在那里时常感到茫然失措，尽管那里的人们往往有一副坏心肠，且常常陷入惶恐，但我居然更偏爱那个"禁忌的世界"。每当我重返这个"光明之境"时，常常怅然若失，仿佛这里是个不怎么样的、无聊且乏味的地方，尽管我心里明白它的存在是必需的，而且十分美好。有时候，我认为自己的人生目标就是成为父母那样的人：纯粹、澄明、优秀而规矩。只是通往这一目标的道路还很漫长：我必须上完小学、中学、大学，通过大大小小的考试。其间，还会不可避免地途经另外那个"幽暗"的世界，而我必须"只身穿林过、片叶不沾身"。可事实上，人们完全有可能在那个世界里被绊住，甚至深陷下去、无法自拔。当时，有些关于年轻人误入歧途的书籍，我读后总是心绪难平。故事的结局是千篇一律的浪子回头、迷途知返，仿佛重回父母所在的地方，就是唯一的正途、唯一符合人们愿景的大团圆。然而，故事中有关"迷失"和"邪恶"的情节依旧令我神往，如果我可以把心里话和盘托出，我甚至希望故事的主人公不要悔过，也不要被他人发现。不过这种"心里话"当然是不被允许的，不仅不能公然说出，甚至不能这么去想。所以这念头只是一闪即过的想象，深深地埋藏在潜意识之中。如果让我想象魔鬼的话，我会毫不犹豫地相信他们就在街道的人群中，要么乔装打扮，要么本色出行，也可能在游乐场或是酒肆中，总之绝不会在我家里。

我的姐妹们同样属于那个光明的世界。在我看来，她们比我更像我们的父母。她们的举止比我更有素养，且比我更少闯祸。当然她们也有小毛病，也有逾矩的时候，但跟我比起来都算不上什么。对我来说，恶念的涌动如此之强烈，令我饱受折磨，仿佛那个黑暗的世界离我更近些。姐妹们与父母一样，都是受人尊敬且享有美誉的。每当我跟她们吵了架，事后都会惴惴不安，心虚不已，深感自己是个坏人、罪人，因为冒犯了姐妹们就等于冒犯了父母，冒犯了美德和规范。我心里有些秘密，宁愿讲给街巷里声名狼藉的小混混听，也不能分享给我的亲姐妹。在天气晴好、我的良知也完好的日子里，我会跟姐妹们嬉戏玩耍，做一个乖巧的好孩子。看着眼前同样乖巧得闪着光的姐妹们，我禁不住想，天使一定就是这样吧！在我们的认知里，好人的最高境界就是成为天使：可爱、美好，身边总是环绕着天籁之音和幸福的芬芳，如同圣诞夜一般。只可惜，这样的时光实在少得可怜！当我和姐妹们做游戏，或者进行一些无伤大雅的比赛时，我时常会在好胜心和暴脾气的驱使下，跟不明就里的她们发生争执。而我一旦恼怒得红了眼，便会爆出失控的言行。其实在那失控的当下，我就已经在内心深处备感自责了。随之而来的，就是艰难黑暗的忏悔时刻，我必须看着她们受伤的眼睛，请求她们的原谅，而后我们便能重新焕发天使般的光芒，重拾心无芥蒂的、宁静感恩的幸福。尽管这份幸福在维持几个钟头，甚至一瞬间之后，又会被打破。

市长的儿子和林业局局长的儿子是我的同班同学，他们有时会来找我玩，虽然是两个野小子，但他们好歹也算是"光明世界"的正统成员。我读的是贵族学校，而邻居家的几个孩子读的是公立学校，尽管我有些瞧不上他们，但跟他们的关系还算融洽。我的故事，就要从其中的一位讲起。

那时我十岁多一点吧，一天下午闲来无事，跟邻居家的两个男孩四处闲逛，路上遇到了裁缝家的儿子弗朗茨·克罗默。他差不多十三岁，已经是个强壮粗犷的小伙子了，也在公立学校读书。他父亲终日酗酒，全家的名声都不太好。我认得他，心里有些怕他，所以当他向我们走来时，我很是不安。这家伙已经颇有些男人做派了，言谈举止还刻意模仿工厂里的伙计。在他的带领下，我们从桥畔的堤岸溜到桥下，钻进第一个桥洞里，将自己与上面的世界隔绝开来。拱形桥洞与水流之间只有狭窄的立足之地，上面满是垃圾废品、破铜烂铁、旧物碎片。弗朗茨·克罗默吩咐我们仔细翻找，一旦发现了什么好东西，就要拿给他查验，好东西他会据为己有，不值钱的就随手扔进河里。他叫我们特别留意用铅、铜和锌做成的东西，一经发现，照单全收。还有一把旧的牛角梳子，也被他塞进了兜里。跟弗朗茨·克罗默打交道让我有些不舒服，不是因为父亲知道了会责骂我，而是因为我始终有些怕他。令我高兴的是，他很自然地接纳了我，并待我和其他人一视同仁。在这个小集体

第一章 两个世界

里，他发号施令，我们唯命是从，一切都是如此地顺理成章，尽管这只是我与他的第一次同行。

最后我们终于找了个地方坐下来。克罗默开始朝水里吐口水，俨然一副成年男子的模样。他将口水从牙缝里滋出去，吐向选定的目标物，百发百中。在那之后，他们几个开始吹嘘起他们在学校里的"英雄事迹"和恶作剧。我一面沉默着，一面暗自担心这沉默太过惹眼，搞不好会激怒弗朗茨·克罗默。至于我的那两个伙伴，打从克罗默出现的那一刻起，他们就立马疏远了我，凑到他那边去了。此时的我，在他们中间俨然是个异类。我的一举一动，甚至穿着打扮，都是那么格格不入。身为贵族学校的学生，又是有钱老爷的爱子，我根本不可能讨弗朗茨·克罗默的喜欢。而一旦克罗默表现出了对我的嫌恶，另外那两个同伴一定会毫不迟疑地弃我而去，我清晰地预感到这一点。

我越想越怕，鬼使神差地编出一个偷盗的故事，而自己就是故事里的"大英雄"。我告诉他们，自己曾经伙同另外一个男孩，在深夜里去磨坊旁边的园子里偷了一口袋苹果。"那可不是寻常的苹果，而是顶级的品种呢。"为了迎合同伴，我滔滔不绝地将这个故事编下去。为了避免冷场或是出现更糟的局面，我使出了浑身解数。"我俩一个负责放风，一个在树上摘了苹果扔下来。最后那口袋沉得根本拿不动，我们只好先把一半的苹果倒出来，半个钟头之后又回去，把剩下的苹果装了带走。"

我的"光辉事迹"把自己说得都亢奋了,讲完之后,我不禁期待起喝彩来。结果,那俩小子一声不响地等待着克罗默表态,而克罗默只是眯着眼睛,不怀好意地打量着我,用威胁的口气问道:"你说的都是真的?"

"那当然。"我嘴硬地答道。

"你确定没有撒谎?"

"句句都是真的!"我嘴上答得坚定,心里却慌张不已。

"你能发誓吗?"

我怕极了,但还是立刻说了"能"。

"好,那你以上帝和灵魂的名义起誓!"

"我以上帝和灵魂的名义发誓!"

"好极了。"他说完便扭过了头。

终于,克罗默起身要回去了,我如释重负,觉得自己过关了。当我们回到桥上后,我怯怯地向他们告别,说自己要回家了。

"别急着说再见嘛,"克罗默笑着说,"我们俩顺路。"

他慢悠悠地走着,所以我也不敢走快,而且,他确实是朝我家的方向走。终于,我们走到了我家,门上沉重的铜把手已近在咫尺,阳光照进每一扇窗子,母亲房间的窗帘已在眼前。我深深地舒了一口气,回家真好!重回光明与安宁真好!

我急匆匆地开门进了屋,正要将门关上,克罗默一个箭步冲过来，在我身后抵住了门，随即挤了进来。瓷砖砌成的门厅里幽暗阴凉，只有院子的方向透过来一些光，克罗默就这样贴在我身边，抓着我的胳膊，轻声说道："别着急嘛！"

他紧紧钳着我的手臂，我惊恐地看着他，动弹不得，完全不晓得他打的什么主意，会不会伤害我。我盘算着要不要喊人，如果此时高声求救的话，也许楼上会有人听见，但我终究还是没敢。

"你干什么？"我问道，"你想要什么？"

"放心，我不会把你怎么样，只是还想问你点事情。"

"你想问什么？我要上楼了，没时间待在这儿。"

"你可知道，"克罗默低声问道，"磨坊旁边的果园是谁家的？"

"我不知道，可能是磨坊主家的吧。"

克罗默一把将我揽到眼前，几乎贴到了我脸上。他目露凶光，满脸都是坏笑和戾气。

"让我来告诉你园子是谁的吧，乖孩子。我早就听说果园的苹果被偷了，园子主人放话出来，谁要是能举报盗贼，就能拿到两马克的酬金。"

"我的天！"我失声叫了出来，"你不会说出去的，对吧？"

我立刻意识到，跟他讲"义气"一定是对牛弹琴，毕竟他是来自"另一个世界"的人，在那个世界里，出卖朋友根本就不是罪过。涉及这一类话题的时候，我们与那个世界的人完全是鸡同鸭讲。

"不说出去？"弗朗茨·克罗默大笑起来，"亲爱的老弟，你的意思是，我有本事造假币，能给自己造出两马克的铜板来？我是个穷鬼，不像你有个有钱的老爹。有钱我当然要挣！说不定还能挣得更多点呢。"

突然，他松开了我。我只感觉家里的门厅全然没了之前宁静和安全的气息，那个光明的世界在我四周轰然坍塌。克罗默会举报我，说我是个盗贼，然后父亲肯定也会知道，说不定警察也会找上门来。一连串可怕的后果威胁着我，一切丑恶凶险的事都将朝我扑来。现在再说自己没偷已经太晚了，我还发了誓，我的上帝啊！

泪水涌上眼眶，我想我只能花钱买平安了。我试着掏遍了浑身上下的口袋，可是没有苹果，没有工具刀，什么都没有。正当此时，我的手表映入眼帘。那是块银表，是我祖母留下的，指针早已经不走了，我戴着它只是为了装装样子。我毫不迟疑地摘下了这块表。

"克罗默，"我开始跟他商量，"你听着，其实你不必揭发我，这样对你也不好。我把我的表送给你，你瞧，就是这块。我实在没有其他东西了，你就收下这个吧。它是银子做的，里面的零部件都是好东西，只是有点小故障，修一修就好了。"

他笑吟吟地用一只大手接过表。我定定地看着这只手，它对我意味着莫大的粗鲁和敌意，是搅乱我宁静生活的魔爪。

"它是银子做的。"我怯生生地重复道。

"去你的银子和旧表！"他不屑地答道,"这玩意儿你自己修去吧！"

"弗朗茨,你等等,"我的声音开始颤抖,生怕他掉头就走,"你等等！收下这块表吧！它真的是银子做的,千真万确,我确实拿不出别的东西了。"

他冷酷又轻蔑地看着我。

"你可想好了,我会去找谁。或者,我还可以告诉警察,我跟警长熟得很。"

他转身要走。我抓住他的胳膊将他拦住。我绝不能就这样放他走。一旦他出了这个门,后果不堪设想,我宁愿去死,也无法承担那样的后果。

"弗朗茨,"我央求道,"别做傻事！你刚才说的都是玩笑对不对？"

"是是是,是玩笑,不过你会为了这个玩笑付出很高的代价。"

"告诉我,弗朗茨,你到底要我怎样！我什么都听你的！"

他再一次眯起眼睛打量我,然后又笑了起来。

"别说傻话了！"他装出一副和气的口吻,"你明明很清楚我要什么。举报你就可以拿到两马克,而你也知道,我可没有富到愿意把到手的钱扔掉。可是你有钱啊,你甚至还有块表。只要你给我两马克,就什么事也没有啦。"

我听懂了他的意思。可是两马克啊！对我来说，两马克跟十马克、一百马克、一千马克没有区别，都是天文数字。我在母亲那里是有个存钱罐，里面是些从叔叔阿姨那里得来的小钱，十分钱五分钱的那种。除此之外我什么都没有，也从来没收到过零花钱。

"我没钱，"我带着哭腔说道，"一分钱都没有。我但凡有钱的话，肯定全都给你。我有一本关于印度人的书，还有一些士兵摆件和一个指南针，我这就都给你拿来。"

克罗默努了努那张猖狂恶毒的嘴，朝地上啐了一口。

"别兜圈子了！"他厉声说道，"留着你的那些破烂吧。什么指南针，你想气死我吗！听好了，给我拿钱来！"

"可我真的没钱，没人给过我钱，我实在拿不出钱来啊！"

"那好，明天之前凑齐两马克。放学后我会在集市上等你。交了钱，这事就算过去了，要是到时候你拿不出钱来，那就走着瞧！"

"可我到底要从哪里拿钱呢？我的上帝啊，钱又不会从天上掉下来。"

"你们家里有的是钱，怎么拿就是你的事了。说好了，明天放学后见。我再说一遍，要是到时候你拿不来钱……"他恶狠狠地剜了我一眼，又啐了一口，然后像影子般消失了。

我双腿发软，连楼梯都上不去。我的人生毁了。我想一走了之，再也不回来了，或者干脆投河自尽，但终究还是不敢。

第一章　两个世界

我就这样坐在楼梯最下面的台阶上，被不祥的感觉牢牢攫住，整颗心在黑暗中乱成一团。直到莉娜端着筐子下楼拾柴时，发现了独自啜泣的我。

我求她什么都不要跟楼上的人说，然后起身上了楼。玻璃门右侧是父亲的帽子和母亲的遮阳伞，这些物件最能唤起我对家的一腔柔情，我在心里问候和感激着它们，就像一个重返家庭的浪子，贪婪地看着家里的一砖一瓦、嗅着家里特有的气息。只是这一切都不再属于我了，它们属于我父母所在的那个光明的世界，而我则深深地陷入错误的深渊中，困在未知和罪过里，被敌人和危险所胁迫，心中满是恐惧和羞耻。帽子、遮阳伞、古旧却精美的砂石地板、挂在门厅橱柜上方的大幅画卷、从客厅里传来的我姐姐的声音，一切的一切都变得比从前更可爱、更温柔、更珍贵了。但它们已不再是我的慰藉了，甚至都不一定还属于我，对我来说，它们此刻全都是尖锐的谴责。是的，它们一定不再属于我了，我也不再是光明和安宁的一部分了。我的双脚沾上了泥巴，无法在垫子上蹭掉，我的身上有了阴影，而处在光明世界的家人们还一无所知。我曾经也有过很多的秘密和忧虑，但跟这天发生的事情比起来，那些全都是儿戏。噩运如影随形，恶魔之手向我伸来，连我的母亲也无法再保护我了，我也绝不能让她知道。无论是偷盗还是撒谎（我居然还以上帝和灵魂的名义发了个虚假的誓）都是一回事，都是罪过。罪过的重点不在于具体的行为，而在于我跟魔鬼握了手。我为什么要与克罗默同行呢？我为什么要对他言听计从，比在父亲面前还乖？我为什么要编造出一个盗窃的故事啊？我怎么会拿恶行自吹自擂，仿佛那是英雄事迹一般？现在好了，魔鬼捉住了我的手，敌人牢牢地盯上了我。

有那么一瞬间，我暂时忘却了对明天的恐惧，转而恐惧眼下的局面。我意识到，从此刻起，我将在歧途上越走越远，跌入无底的黑暗。我很清楚，一个罪过的后面会紧跟着另一个罪过。与姐妹们玩耍、问候和亲吻父母，都将成为一种欺骗，因为我向他们隐瞒了一个不能说的秘密，我的生活将被这一阴影永远笼罩。

当我端详父亲的帽子时，心头闪过一丝希望和信心。我想把事情全都告诉父亲，他会倾听我的告解并救我脱离泥淖，而我也会任凭他教训和发落，乖乖地请求原谅，最多不过是撑一小时，忏悔认错，这套流程我已经轻车熟路了。

这个主意听起来棒极了！很妙很诱人！但是没什么用，因为我知道自己不会这么做。我知道自己有了一个不可告人的秘密，有了一枚只能独自品尝和咽下的苦果。也许我此刻正站在人生的分水岭，也许从这一刻起我将永远是一个邪恶的人，与恶人为伍，依赖他们，听从他们，变得跟他们一模一样。我头脑发热，扮演了一回大人和英雄，现在好了，自食恶果。

我进屋的时候，父亲注意到我弄湿了鞋子，立刻责备起来，全然没有意识到更糟的事情已经发生。这让我暗自庆幸，

第一章　两个世界

并偷偷把他的责备移情到那件事上面。我的心中第一次出现了一种感觉，一种邪恶的、割裂的、刺激的感觉：我觉得自己正凌驾于父亲之上！有那么一瞬间，我对父亲的无知产生了鄙夷之情，他对湿靴子的责骂让我觉得幼稚可笑。"你什么都不知道！"我暗自想着。我感觉自己就像个因为一块失窃的面包而被反复审问的嫌疑犯，而事实上，我身上背着命案呢。那是一种丑陋的、令人不快的感觉，但却十分强烈，且带有深切的吸引力。比起之前盘桓在心头的各种想法，这个感觉将我与那个秘密和罪责更牢固地捆绑在一起。也许克罗默已经去警局揭发了我，一场暴风雨正在我的头顶酝酿盘旋，而我却在这里被当作一个小孩教训着。

在刚才的所有叙述中，这个感觉出现的那一刻，有着最为重大且深远的意义。它意味着父亲这尊"神像"上面出现了第一道裂缝，我童年王国的柱石上也出现了第一道罅隙。每个希望成为自己的人，都会经历这一刻。这一体验中包含着命运之核的走向。无论是裂缝还是罅隙，最终都会慢慢"愈合"并被遗忘，但在暗地里，它们始终存在着，并继续淌着血。

我立刻就被这罪恶的感觉吓到了，恨不得马上匍匐在地亲吻父亲的双脚，请求他的原谅。可是，人总不能为了正常的情绪道歉，在这一点上，孩子跟智者一样地明白。

我必须好好思量如何应付明天的挑战，然而头脑却完全不在状态。整个晚上我只做了一件事，就是去适应起居室里改变了的气息。挂钟和桌子，圣经和镜子，书柜和壁画，这一切都在向我告别。我不得不用一颗冻结的心目送我的世界远去，美好而幸福的生活已成过去，我在一个陌生的世界中抛了锚，在这里扎下了根，动弹不得。生平第一次，我尝到了死亡的滋味。死亡是苦涩的，死亡意味着对新生的恐惧和不安。

上床睡觉之前，我们要一起祷告，这让我如坐针毡。大家唱了我最爱的一首圣歌，但我并没有发声，每一个音符对我来说都像是胆汁和毒药。当父亲念出祝祷词"愿上帝与我们同在"时，我仍然没有出声，因为我已经被驱赶出这个圈子了。上帝的福祉将与他们同在，但不会再恩泽于我。我疲惫不堪又心灰意冷地走回房间。

躺到床上，终于让我舒了一口气。有那么一会儿的工夫，我静静躺着，被温暖和安全感包裹着。可不久之后，恐惧又攫住了我的心脏，我再度为那件事情焦急起来。母亲一如往常地向我道了晚安，她走后，我还能听见她在自己房间里的脚步声。透过门缝，我还能看到她屋里透出来的烛光。我告诉自己，母亲一定觉察到了我的异样，她肯定会回来再次亲吻我，用慈祥温和的语气问我发生了什么事，到时候我一定会放声大哭，卡在喉咙里的"石头"会霎时间融化，我会抱着母亲把一切和盘托出，然后一切就都好了，我就会得救了！直到门缝外的烛光最终熄灭了，我仍然不死心地侧耳倾听着，觉得母亲一定会来。

第一章　两个世界

希望破灭后，我不得不重新面对烂摊子，直视敌人的双眼。我那么真切地注视着克罗默，那眯起的双眼和讪笑着的嘴唇。就这么看着看着，我意识到这一劫终究是躲不过去了，克罗默的形象变得越来越庞大，越来越丑陋。他恶毒的眼睛如魔鬼一般，他的淫威压迫着我，直到我昏昏入睡。我的梦里没有克罗默，也没有那天发生的事情。我梦见一家人泛舟水上，父母、姐妹们和我，四下无比宁静，真是明媚的假日时光啊。半夜里我醒来，梦中的喜悦让我回味了足有半晌，我仿佛还能看到梦中的姐妹们，看到她们白色的夏裙在阳光中泛着光辉。旋即，我便从这天堂之境坠落云端，重又面对着敌人的双眼。

第二天一早，母亲急匆匆地来叫我起床："已经这么晚了，你怎么还在睡！"看到我的脸色很差，她连忙关切我是否身体不适，而我一阵反胃，开始呕吐。

这样似乎正合我意，我一向都爱极了小病一场的感觉。整个早上都能端着甘菊茶静静躺着，听母亲在隔壁的房间里做家务，听莉娜在门厅里接待卖肉的屠户。不用上学的晌午美好得就像个童话，阳光肆意地洒进房间，不像学校里，阳光总被绿色的窗帘隔绝在外。然而，今天的小病却并不美妙，这其中甚至还有些作假的味道。

真想一死了之！这点小病什么用都没有，虽然能让我暂时不用去上学，却无论如何都不能使我免于克罗默的胁迫。十一点钟的时候，这个家伙依然会在集市那里等我。这一次，母亲的关心不再是种安慰,反而变成了精神负担,让我的心隐隐作痛。我赶紧又躺下装睡,脑中飞快地思索着对策。想来想去,实在无路可走,十一点钟我必须去集市赴约。十点钟的时候,我悄悄起身下了楼,告诉他们我好多了。同往常一样,他们让我要么回床休息,要么准备下午去上学。我表示想去上学,心里却暗暗有了个计划。

我绝不能空着手去见克罗默,必须把属于我的那个小存钱罐搞到手。里面的钱肯定是不够的,这我知道,远远不够。但钱毕竟是钱,有一点总比一分都没有强,多少也可以安抚一下克罗默。

我脱了鞋子,蹑手蹑脚地溜进母亲的房间,从书桌上摸走了我的存钱罐,整个过程中我感觉糟透了,当然依旧抵不过昨天的糟糕感觉。我的心跳快极了,几乎透不过气来。当我终于回到了楼梯下面,紧张却并未缓解半分,因为我发现存钱罐居然锁住了!打开它并不费力,只是拉开一层铁皮而已,可是,这个简单的动作却刺痛了我,它让我真切地感觉到自己是一个盗贼,尽管我拿走的是我自己的钱。从前偷拿糖和水果最多只是小偷小摸,而眼下的行为则是真切的偷盗。我感到自己离克罗默以及他的世界又近了一步,魔鬼扼住了我的喉咙,我已无路可退。我满心惶恐地开始数钱,它们在罐子里听起来蛮多的,真数起来却少得可怜,总共才六十五芬尼(1马克=100芬尼)。我把存钱罐藏在走廊下面,攥紧这些钱走出家门。出

第一章 两个世界

门的那一刻，我的心中浮现出了一种从未有过的感觉，仿佛头顶有人在唤我的名字。但我并未停步，匆忙离去。

时间还很宽裕，我故意穿街走巷，想多绕一些路。整座小城在我的眼中已经完全变了模样，经过的所有房舍仿佛都在注视我，从我身边走过的所有行人，也好像都在质疑我。半路上，我突然想到一个同学的经历，他曾经在家畜市场上捡到过一塔勒（1塔勒＝3马克）。我多想向上帝祈祷，让这样的好运也能降临到我的身上！可惜我已经没有祈祷的资格了，就像被我弄坏的存钱罐再也无法复原了一样。

弗朗茨·克罗默大老远就看见了我。他缓步朝我走来，但并不正眼看我。待走到近前时，他朝我使了个手势，示意我跟上，便径直向前走去，全程都不曾四处打量。我们穿过稻草巷，跨过一座桥，停在了几栋新建的房子前。房子尚未安装门窗，但当时并没有工人施工。克罗默环视了一下四周，便从门洞钻了进去，我则紧随其后。他在一堵墙的后面站定，招呼我过去，然后伸出手来冷冰冰地问道："钱呢？"

我把紧紧攥着钱的那只手从口袋里拿出来，把硬币抖到他的手上。最后一枚硬币落下时，他就已经数清了数目。

"这才六十五芬尼。"他盯着我。

"是，"我颤巍巍地答道，"但这是我全部的钱了。我知道这太少了，可我真的拿不出更多了。"

"我还以为你有多大的能耐呢。"他的口吻几乎是柔和的，

"君子一言，驷马难追。既然钱数不对，我一分也不会收的，这你应该明白。喏，这是你的钱，拿回去吧！别人会给我足数的钱，你知道我指的是谁，人家可不会讨价还价。"

"可是……我……我真的没有钱了！这已经是我全部的积蓄了。"

"那是你的事情，我管不着。不过我也不想为难你，你还欠我一马克三十五芬尼，我什么时候能拿到？"

"早晚都会给你的，克罗默！只是我没法确定具体时间，可能我很快就会有钱了，也许就是明天或者后天。不过你知道的，这件事我是绝对不能告诉我父亲的。"

"这不关我的事，我也不打算伤害你。这笔钱我本可以在中午之前就拿到手的，你瞧，我是穷光蛋一个，而你穿得比我好，吃得也比我好。废话不多说了，我可以等，后天下午我吹口哨叫你，你把剩下的钱给我。我的口哨声你认得吧？"

他当着我的面吹了声口哨，这声音我从前经常听到。

"嗯，"我答道，"认得。"

他独自走掉了，仿佛我俩并不相熟，刚才只是谈了一桩生意，别无其他。

不夸张地说，哪怕到了今天，如果我突然听到克罗默的口哨声，还是会吓一跳。从那天开始，我的耳边就总是响起他的口哨声。无论我身在何处，无论我在玩耍还是在学习，无论我在想什么，克罗默的口哨声都会响起，无孔不入，成了我命运的背景音，每时每刻都在挟持着我。那时我很喜欢自家的小花园，秋日的午后，花园里填满了温柔而缤纷的色彩。在一种特别心理的驱动下，我重又玩起了儿时的游戏——所谓儿时，就是我更年幼时的光景，那时我还自由自在、天真无邪。但克罗默的口哨声总会从某处传来，将这样的美好时刻骤然摧毁，逼我从桃花源的梦中惊醒。尽管我有心理准备，可依旧感到毛骨悚然。之后，我不得不跟随这个折磨我的人，前往某个阴暗丑陋的角落，交上我新近搞到的所有的钱，并聆听接下来的催款警告。这过程持续了大约几周，但对我来说却像几年一样漫长，仿佛永无尽头。我很少有机会能拿到钱，最多就是趁莉娜把菜篮子放在厨房桌子上的时候，匆匆从里面摸出来五芬尼或者十芬尼。每次交钱的时候，我都会被克罗默居高临下地训斥。他咒骂我欺骗了他，剥夺了他的正当所得，偷窃了他的财物，令他痛苦不堪！我这一生中极少有什么时候，比那段时光更苦恼、更绝望、更身不由己。

我往那只存钱罐里塞了些游戏币，重新把它放回老地方。没人问起过这件事，但我从没停止过对于被盘问的担心。比起克罗默的口哨声，我更害怕母亲向我走来，怕她来问我存钱罐的事。

很多次我都是空着手去见这位"撒旦"的，因此，他开始折磨我、支使我。我必须听他的吩咐做事，连他的父亲交给他的差事，他都统统让我去做。又或者，他会让我做些高难度的事情，以供他取乐。比如单脚跳上十分钟，或者把纸条贴到行人的衣服上。很多个夜里，我都从这样的噩梦中醒来，冷汗涔涔。

有一段时间我直接病倒了。我常常呕吐，浑身发冷。到了夜里，我又常常浑身发烫，直冒虚汗。母亲渐渐觉察到了一些异样，对我十分关切体贴，我却因此备受煎熬，因为我无法对母亲据实相告，无法回报她的信任。

有一回，她在我睡前来到我的房间，给了我一块巧克力。这不禁令我想起了小时候，每当我乖乖地过了一天，就会在睡前得到一块巧克力作为奖赏。如今母亲站在眼前，又给我拿来了一块巧克力，却令我感到痛苦，只能连连摇头。母亲轻抚着我的头发，问我怎么了，我只能生硬地回答说："不要，不要，我什么都不要！"母亲只好将巧克力放在我的床头柜上，静静地走开了。后来母亲又曾尝试问起那天的情景，我却装作忘得一干二净了。她也带我去看了医生，而医生只是叫我每天早上洗冷水澡。

那段时间我的精神近乎某种病态。在我那秩序井然的家里，我就像个自惭形秽又痛苦不堪的幽灵，不再参与任何人的生活，全部心思都在自己的身上。我的父亲总想激我说些什么，而我总是报以冷漠和回避。

该 隐

Demian: die geschichte von emil sinclairs jugend

―――
第二章

帮我终结这份折磨的，是一个完全意料之外的人。救我脱离苦海的同时，他还给我的生命注入崭新的能量，直到今天，这股能量依然在我周身鲜活地涌动着。

他是一位新来的学生，刚刚在我们就读的贵族学校报了到。他随着新寡的有钱母亲搬到了我们这里，衣袖上还戴着服孝的袖章。他比我高一个年级，大好几岁。他的到来立刻引起了所有人的注意，我也不例外。这个不同寻常的新生看起来非常老成，待人接物全然不像一个小孩子。在我们这些幼稚的男孩中间，他鹤立鸡群，持重得像个成年男人，更准确地说，像位绅士。他并不怎么合群，不参与我们的游戏，更很少跟我们一起吵吵闹闹。然而，当他与老师对话时，那种自信与坚定的语调立刻就让大家着了迷。他的名字叫马克斯·德米安。

出于某些原因，学校隔三岔五便会让其他班级的学生来我们班的大教室一起上课。就这样，德米安的班级也在某一天出现在了我们班。那天，我们低年级的学生学习圣经史，而他们高年级的学生则是写作文。老师滔滔不绝地讲着该隐和亚伯，而我却在频频偷瞥德米安。他的脸庞看起来如此的聪慧、阳光、正直且刚毅，对我有着一种特别的吸引力。他伏案作业的专注神情不像一个学生，倒像一名钻研自己课题的学者。其实我并不怎么喜欢他，甚至对他有点排斥。他对我来说过于优秀和冷峻了，而且带有一种高不可攀的自负。他的眼神宛如大人一般，那是孩子们绝对不会喜欢的。可是深看进去，那眼神中又透出些不羁的光彩和忧郁的黯淡。无论是处于喜欢或排斥，我就是忍不住一直打量他，直到他不经意地看向我这边，我才慌忙移开了视线。如今回想起当年身为学生的德米安，我不得不说，他浑身上下的一切都与众不同，处处都烙刻着他的个人风格。备受瞩目的同时，他却尽量保持低调，他的风采和举止完全就像一位王子，只是乔装成农家小子的模样，还努力在言行上模仿农家子弟。

放学回家的路上，德米安走在我的身后。待其他人转弯告别后，德米安赶上了我，跟我打招呼。他努力模仿着我们的学生腔，可他打招呼的方式仍然非常像大人，非常彬彬有礼。

"我们可以一起走一段路吗？"他友好地问道。我受宠若惊，连连点头，并告诉他我住在哪里。

"哦，那边啊？"他微笑着说道，"那幢房子我认得。你们家的房门上方有个很有趣的设计，我一下子就记住了。"

我一时没反应过来他指的是什么，但还是颇为惊诧，他居然比我更了解我们家的房子。我们家门顶的拱心石上，的确有一个徽章浮雕，但年久失修，早就被风雨蚀平了，还多次被涂料粉刷覆盖。据我所知，那个徽章跟我们以及我们这个大家族之间毫无瓜葛。

"那东西我其实一点都不了解。"我惭愧地答道，"那个徽章好像是一只鸟或者什么类似的图腾，总之肯定有些年头了，我们的房子以前应该属于某个修道院。"

"有可能。"他点头附和道,"你回头好好看看它吧!这些东西常常很有意思。我觉得那徽章上刻的是一只鹞鹰。"

我们继续往前走,我一直有些扭捏局促。德米安突然大笑起来,好像想起了什么好玩的事情。

"今天我旁听了一节你们的课,"他兴致勃勃地说道,"老师讲了该隐的故事(圣经的《旧约·创世记》中记载了该隐和亚伯的故事:他们本是兄弟,只因耶和华偏爱亚伯和他的供品,冷落了身为农耕者的该隐,该隐便恼羞成怒,杀害了弟弟亚伯。此后该隐的额头被做了印记,遭受流放),他的额头上带有印记对吧?你喜欢这个故事吗?"

我当然不喜欢,我很少喜欢那些不得不学的东西。但我不敢坦诚地说出自己的想法,因为跟德米安说话就像在跟大人说话一样。于是我回答道:"嗯,我挺喜欢那个故事的。"

德米安拍了拍我的肩膀。

"老弟,你不需要跟我客套。不过那个故事确实挺特别的,它比课上听到的大多数故事都更特别。可惜老师并没有详细解说,只是讲了些关于上帝和原罪的老生常谈。但是我认为……"他顿了顿,微笑着问道,"你对这个话题感兴趣吗?"

"嗯,我想听。"

于是他继续说道:"我认为关于该隐的这个故事,可以有其他的讲法。我们在学校里学到的大部分东西,虽然某种程度上是真实且正确的,但如果从其他角度去理解它们——跟

第二章　该　隐

老师不同的角度——你会发现，这些内容总能变得更有意义。比如说该隐的这个故事吧，老师对他额上印记的解释就不尽人意，你不觉得吗？一个人与兄弟争执时打死了对方，这种事情的确可能发生。杀人者在事后心生恐惧，认罪忏悔，也是可能的。但蹊跷的是，凶手就因为在事后做小伏低，反而被额外赐予了一个印记，这个印记令所有人都对他心生畏惧，这难道不奇怪吗？"

"还真是奇怪，"我被激起了兴致，这个话题开始深深吸引我，"那么，这个故事还有什么其他的版本吗？"

他又拍了拍我的肩膀。

"很简单！整个故事都要从额上的那个印记说起。从前有个男人，他的脸上生来就带有一种印记，这个神秘的印记令人畏惧，没有人敢招惹他。他凭着这个印记不仅威慑众人，还让自己以及他的后人都得到了庇佑。但如果再换一个版本，或者说在真实的版本里，这男人的额上根本就没有什么像邮戳一样的印记，真实的生活哪会这么简单明了，多半是这个男人有那么一丝丝不易觉察的与众不同，眼神中比常人多了一点智慧和气魄，他拥有强大的气场，让人不由得心生敬畏，这些才是他的所谓'印记'。人们总是顺着自己的心意解释一切，往自己喜欢的方向自圆其说。人们害怕该隐的后人，便解释说是因为他们有一个'印记'。可是，这个'印记'没有被如实地解读成一种荣耀，反而被说成了一种不堪：'那个印记如此古怪，所以这些带有印记的人一定也很古怪。'对很多人来说，有勇气、有个性的人就等同于古怪。而这样一个无所畏惧的'怪'人还常在身边晃悠，自然让人分外不舒服。于是人们编派他，给他贴标签，试图把他污名化，让他不再高高在上。通过这种方式，他们也为自己的恐惧心理找到了借口。你明白了吗？"

"也就是说，该隐从来就不是个坏人？圣经里的这个故事完全就是捏造的？"

"对，也不对。最原始的那些故事总是真实的，不过它们往往没有被如实地记录下来，也常常被进行了错误的解读。简而言之，该隐原本是个好人，但是因为人们怕他，就给他安排了这么一个故事，而这个故事完全是个谣传，从头到尾都是以讹传讹罢了。不过，该隐和他的子孙们不同于常人，都有着某种'印记'，这一点倒是真的。"

我听得目瞪口呆。

"那照你所说，该隐打死了自己的兄弟，这也是莫须有的事？"我追问道。

"不不！这个肯定是真的。一个强者干掉了一个弱者，至于对方是不是他的兄弟，那就不好说了。不过这也不重要，反正所有人说到底都是兄弟。一个强者打死了一个弱者，这件事可以是桩英雄事迹，也可能另有真相。只是不管真相如何，同样弱小的人们都因此对该隐充满了恐惧，怨声载道。如果你问他们为什么不干脆杀掉该隐，他们不会告诉你是因为他们怯

第二章 该 隐

懦,反而会跟你说'我们做不到啊。那个人有个印记,上帝赐予了他一个印记!'。整个荒诞的故事大概就是这样衍生出来。哎呀,我耽误你回家了,就此再见吧!"

他转进了老巷子,留下我一个人立在原地,惊诧万分。从小到大,我还从来没有这么惊诧过,他刚才所说的一切都是如此令人难以置信!德米安前脚刚走,我就回过了神,该隐是个高贵的人,而亚伯是个懦夫?!该隐额上的印记是荣耀?!这简直荒谬可笑,亵渎上帝,邪恶至极!这种歪理邪说将上帝置于何地?难道上帝不是接受了亚伯的供奉吗?难道上帝不是喜爱亚伯吗?他的话完全是一派胡言!我猜德米安就是为了捉弄我,让我晕头转向。这个家伙实在狡猾得要命!但无论如何,他都不能这么大放厥词,绝对不行!

在那段时间里,这个圣经故事不断地在我脑中盘桓。我以前从没为了这个故事,或者任何其他圣经故事费过这么多神。也是在那段时间里,我开始接连几个小时,或者干脆一整晚都无暇想起弗朗茨·克罗默。我在家里一遍又一遍地通读那篇圣经故事,白纸黑字,一切内容都清清楚楚、简明扼要。一个人除非是疯了,不然怎么能从字里行间找出其他的解读来,要是这都行得通,那每个杀人凶手都能宣称自己是上帝的宠儿了!真是毫无逻辑可言!不过,德米安讲述故事时的样子还是很迷人的。他的神情是那样的气定神闲,说出的每句话都是那么的理所当然,还有那眼神,也是同样的泰然笃定!

当然了，当时我的处境并不好，甚至可以说是很不好。我原本好端端地生活在明亮纯净的世界里，我原本也是一位"亚伯"，可是却深陷于另一个世界，无法从黑暗肮脏的泥沼中抽身。我为何会落到如此境地，自己却说不出个所以然！是啊，事情究竟是怎么走到这一步的呢？正当此时，一段记忆突然闪现，让我霎时透不过气。我记起了悲剧发生的那天晚上，当我失魂落魄地回到家中时，父亲却只注意到我被弄湿的靴子。在那个瞬间，我感到自己一下子凌驾于父亲的智慧之上，并心生鄙夷！没错，在那个瞬间，我化身成了该隐，额上也生出了一个印记。而那个印记并不是耻辱，而是荣耀。我因为自己的恶念和特殊遭遇，站到了高于父亲的地方，俯视着这些善良虔诚的人们。

在那个瞬间，感性迎来了大爆发，兴奋感罕见地喷薄而出，尽管伴随着痛苦，但却也令我莫名骄傲。在那个瞬间，我的头脑中并没有梳理出清晰的思绪，但这些想法一定以某种形式暗含在其中了。

仔细回味起来，德米安那套关于论勇者与懦夫的论调是多么古怪啊！他对该隐额上印记的解释又是多么的稀奇！在大放厥词的时候，他那双酷似成年人的眼睛又是多么的神采奕奕！我脑海中不禁冒出很多疑问：难道德米安本人就是该隐那样的人吗？如果不是因为他觉得与该隐是同类，又为什么要替该隐辩护？他的眼神凭什么那么坚定有力？当他谈到

第二章 该隐

那些所谓的"懦夫"、那些虔诚事主的上帝信徒时,语气为什么那样的轻蔑?

我无法理出头绪。这些念头就像投入深井并激起涟漪的石子,而这口井就是我年轻的灵魂。在之后的很长一段时间里,这个关于该隐、关于杀害手足、关于额上印记的话题,成为我思考、质疑和批判一切事物的出发点。

后来我注意到,其他同学也非常关注德米安。尽管我从没向旁人提起过德米安关于该隐的那套说辞,但大家还是不约而同对他产生了兴趣,至少在学校里,开始出现大量关于这个"新来的"的传闻。我多希望可以记住每一条流言,因为每一条流言都藏着部分真相,能让我更好地了解他。可我只记得,有人说德米安的母亲很富有,后来又说他的母亲从来不去教堂,德米安也不去。有人猜测这母子俩应该是犹太人,也有可能私下信仰伊斯兰教。除此之外,还有关于"大力士德米安"的传奇,这一条肯定是真的,因为他们班上最身强力壮的家伙就被德米安修理过:那家伙故意用言语羞辱德米安,看德米安没有回嘴,就笑他是懦夫。结果德米安一只手掐住他的脖子,直到他脸色发青才松开。那家伙吓得整整几天都抬不起胳膊,甚至有天晚上有人谣传他已经死了。总而言之,在那段时期,关于德米安的一切都能引发话题,关于德米安的一切都有人相信,关于德米安的所有传闻都是耸动的、惊人的。这股热潮持续了一阵子便消退了,可不久之后新的传言却卷土重来,有人说德米安与女孩子过从甚密，还说他在这方面"什么都懂"。

与此同时，我与弗朗茨·克罗默的纠缠越来越频繁，仿佛走上了一条不归路。我的生活完全被他的阴影笼罩着，即使他白天没来找我，也会在夜里潜入我的梦境。即使他在现实中没有把我怎么样，可我依然会在噩梦中成为他彻头彻尾的奴隶，我越来越迷失于半梦半醒之间，身心俱疲。我一再梦到一些可怕的霸凌情节：克罗默用膝盖压住我，朝我吐口水。更有甚者，他还引诱我去犯下一些严重的罪行，更准确地说，他抓着我的把柄，强迫我去犯罪。最可怕的一回，我梦见克罗默将一把利刃塞到我的手中，与我一起藏在一棵大树后面，等着某人的到来，可我并不知道目标究竟是谁。当这个人终于现身，克罗默捏了捏我的手臂，示意那就是我要处理掉的人。我定睛一看，那个人竟是我的父亲！我骤然惊醒，心脏狂跳不止。

除了跟克罗默之间的麻烦，我依然还在琢磨该隐和亚伯的故事，以及讲故事的德米安。事实上，我想起后者的次数还要更多些。跟德米安的又一次亲密接触，居然也是在梦里，而且那也是一个充满了霸凌情节的梦。只是这一回用膝盖压住我的不是克罗默，而是德米安。这是一种全新的体验，在我心中留下了难以磨灭的印象。此前梦见被克罗默欺辱时，我总是一面痛苦一面奋力抗争，而当梦中的施暴者变成了德米安时，我的感觉却混杂了恐惧和狂喜，甚至享受起这种虐待。但这样神奇的情境我只梦到过两回，之后，梦里的主角又变回了克罗默。

第二章 该隐

久而久之，我早已分不清哪些经历是梦，哪些经历是现实了。但无论如何，克罗默与我的捆绑并没能因为欠款偿清而自动解除。每次我偷出来一些小钱交给他时，他都会盘问这些钱的来历，就这样，我在他手上的把柄越来越多。他不断威胁要将一切告诉我的父亲，每到这些时刻，我心中的悔恨都比恐惧更加汹涌强烈，我多希望自己从一开始就向父亲坦白啊！但另一方面，尽管我在那些时刻饱受折磨，却也并非一直沉浸在悔恨中，可以说，我并不后悔所有的事，在某些时候，我甚至觉得所有已经发生的事情都是理所当然。你我之上自有一种力量安排了此等命运，人力所有的横加干预，最终只会徒劳无功。

我父母在那段时间所承受的焦灼，也许并不比我少。他们眼睁睁地看着我被一种陌生的魂魄所占据，从亲密无间的家庭共同体中脱离出来。而我当时也确实经常体验到一种强烈的想家感，无比渴望重回那个遗失的乐园。在我母亲看来，我并不是变坏了，而是病了。相比之下，我的姐妹们则比较能直面现实，她们总是小心翼翼地呵护着我，但我却在她们的态度中备受煎熬，因为这方式仿佛在昭告天下：我的体内果真住着一个魔鬼，她们却没有一味地责备我，而是选择宽宏大量地对待我。我能感觉到，姐妹们为我祈祷的方式都不同于以前了，而且我还知道，这种祈祷不会有什么用处。与此同时，对于解脱的强烈渴望，对于告解的强烈需求，都令我如芒在背，可我也能预知坦白之后的结果——大家一定会温柔地接受这件事，悉心照顾我的感受，或者为我感到惋惜。但没有人能真正看透这件事，他们只会把其视作我的一种精神失常，却不明白这是命运的必然。

我知道，一些人肯定不愿相信，这些感受会源自一个不到十一岁的小孩子。不过这些人也不是我的听众，我的故事是要讲给懂的人听的，讲给那些对人性更有洞见的人。对于饱经世事的成年人来说，部分感受会转化成理性的思想。他们认为小孩子没有阅历可言，因此不可能有什么深邃的思想。可我必须要说，我一生中很少有什么经历，比那段时光的遭遇更深切、更痛苦。

在一个雨天，克罗默约我去城堡广场上见面。我站在那里等他，漆黑的栗子树不断落下叶子，我的双脚在那些湿漉漉的叶子间不安地逡巡。这回我没拿到钱，只能想法子带出来两块糕点，好歹有点东西可以应付克罗默。我已经习惯了在某个地方的角落等待克罗默，那等待往往无比漫长。我默默咽下这苦水，就像人们学会忍耐无力抗争的命运一般。

克罗默终于来了，这一次他也不打算久留。他戳了戳我的肋骨，怪笑着收下了糕点，而后，居然递给我一支有点受潮的香烟。我没敢接，因为他今天的殷勤非常可疑。

"对了，"果然，他要走的时候说道，"我差点忘了。下次见面把你姐姐也带上吧，她叫什么来着？"

我不明就里，便没应声，只是一头雾水地看着他。

第二章　该隐

"你没听懂吗？我是说你姐姐，下次我们见面，把你姐姐也带来。"

"我听懂了，但这根本行不通。我不能带姐姐出来，她也绝对不会跟我出来。"

此时我已回过神来，这肯定又是他的诡计。他总是来这一套，先是提个不可能达成的要求把我唬住，趁机将我羞辱一番，然后再来跟我讨价还价，迫使我不得不破财消灾。

这一次却不同于往常，他完全没有被我的拒绝激怒。

"那好吧，"他轻声答道，"我还是希望你再考虑一下。我真的很想认识你姐姐。办法总是人想出来的。你带她出来散步，我中途加入你们，就这么简单。明天我再吹口哨约你，到时候咱们再详谈。"

克罗默走后，我才恍然大悟他是什么意思。尽管当时的我还完全是个孩子，但也多少听说了一些男女之事。我知道男孩女孩长大了以后，就会一起做些神秘的、癫狂的、禁忌的事情。直到此时，我才突然意识到事态的严重性，我立即下定决心，绝不能让克罗默得逞！可这会导致什么样的后果，克罗默又将如何报复我，这些我都不敢深想。新的心魔就这样诞生了，仿佛过去的折磨对我还不够沉重。

我双手插在兜里，一脸愁云惨雾地穿过空荡荡的广场。更多的折磨，更多的奴役正等待着我。

突然间，身后传来洪亮而浑厚的嗓音，有人在叫我的名字。我吓了一跳，拔腿就跑。那个人却追了上来，一只手从后面轻轻地拍了拍我。

看到那人是德米安，我这才冷静了下来。

"怎么是你？"我满心疑惑地问道，"你把我吓得不轻！"

我跟德米安已经很久没有说过话了。此时他注视着我，眼神比任何时候都更像个大人，更深不可测，更有穿透力。

"对不起。"他用特有的绅士腔调向我道了歉，"不过你也不该这么容易就被吓着啊。"

"你说得轻巧，这由不得我。"

"话虽如此，不过想想看：如果你被一个没打算伤害你的人吓到瘫软，那对方会怎么想？你的反应一定会让他吃惊，同时激起他的好奇心。他会觉得你的反应太离谱了，继而想到，只有处于极端恐惧的人才会有此反应。懦夫总是时刻心怀恐惧，不过在我看来，你并不是个懦夫，对吧？当然了，你也不是个英雄，肯定有让你害怕的东西，让你害怕的人。可是这种害怕绝不应该存在，任何时候，我们都不应害怕其他人。你对我就没有任何的恐惧，对吗？"

"对，完全没有。"

"你看，我说得对吧，不过，是不是有别的什么人让你害怕呢？"

"我不知道……这不关你的事，你到底想干什么？"

我故意加快了步子，想要逃开，而他也快步跟了上来，我甚至能感到他向我投来的目光。

"请你相信，"他又开口说道，"我是为你着想。你完全不用对我存有戒心，我很想跟你一起做个有趣的实验，你能从这个实验里学到些非常有用的东西。听好了，我有时会一种特别的技巧，人们把它叫作读心术，但这绝不是什么巫术，只是当人们不明白其中诀窍时，就会把它妖魔化，也可以用它来吓唬别人。我挺喜欢你这个人的，或者说我对你挺感兴趣，所以现在我们来试一下，让我看看你心里在想什么。刚才我把你吓了一跳，由此看来，你很敏感，容易恐慌，这是我读心术的第一步。接下来我们想想，如果有什么人和事让你害怕的话，这份恐惧又是从何而来的呢？我们原本是不需要害怕任何人的，如果我们害怕什么人，那一定是我们给了这个人凌驾于我们之上的威慑力。比如我们做了什么错事，被某个人知道了，这个人就有了拿捏我们的把柄。你听懂了没？我说得应该足够明白了。"

我无助地看向他的脸，他的神情一如既往地严肃而聪慧，还带着某种仁慈。不过那是一种不带柔情的仁慈，近乎严厉，一股正气凛然之感扑面而来。我一头雾水，此刻德米安站在我面前，就像个魔法师。

"你听明白了没？"他又问了一遍。

我点了点头，一语不发。

"虽然读心术看起来有些怪，却是非常合乎情理的。比如上次我跟你讲完该隐和亚伯的故事之后,我就完全料到了你会怎么看我,不过这是另一个话题了。我猜你还有可能梦到过我,这个我们也以后再说。你是个很有智慧的孩子,不像大多数人那么愚蠢。我喜欢跟值得信任的聪明人说话,相信你也不会介意跟我聊聊吧?"

"当然不介意,我只是完全不明白你想做什么。"

"让我们继续刚刚那个有趣的实验吧!名叫S的男孩敏感恐惧,他在害怕着什么人,他与这个人之间可能存在一个秘密,一个让他内心不安的秘密。事情大概就是这样,对吗?"

他的声音钻进我的耳朵,他的问话直击我的要害,一切如在梦中,我不由得点了点头。这些话似乎并不是德米安说出的,而是自己从我心里跑出来的,他怎么会知道这一切?甚至比我本人知道得更清楚?

德米安重重地拍了拍我的肩膀。

"看来事情果然如我所料。现在,只剩下一个问题了:你知道那个家伙的名字吗?就是刚才把你留在这里,单独先离开的那个家伙?"

我顿时吓得不轻,这个问题触碰了我怀揣已久的秘密,也唤醒了我的痛楚,我不愿将这秘密暴露在阳光下。

"什么家伙?根本就没有什么家伙,只有我一个人而已。"

德米安笑了起来。

"好啦,说出来吧!"他边笑边再次问道,"他到底叫什么名字？"

我嗫嚅道："你是说弗朗茨·克罗默吗？"

他满意地向我点了点头。

"好极了！你是个聪明人，我们肯定会成为好朋友的。不过有些话我还是得说：那个克罗默什么的，绝对不是个好东西。我一看他的脸，就知道他是个混蛋！你说呢？"

"没错，"我叹了口气，"他坏透了，简直就是撒旦！但是看在上帝的分上，这话千万不能传进他的耳朵里！千万不能让他知道！你认识他吗？或者，他认识你吗？"

"你尽管放心！他早就走了，而且也还不认识我，不过我倒是很想认识认识这个人。他在公立学校读书，对吗？"

"对。"

"几年级？"

"五年级。但是求你什么都别说！千万不要告诉他！"

"别担心，你不会有事的。我猜，你不想再跟我多讲讲这个克罗默了，是吗？"

"我实在不能再多说了！让我一个人静静好吗！"

他沉默了片刻，随即说道："太遗憾了，我们本可以把读心术继续下去的，但我不想为难你。不过，你必须明白，害怕这种人是个错误，这种恐惧会毁了我们，所以必须甩掉恐惧。你必须停止害怕克罗默，才能成为一个真正的男子汉，懂了吗？"

"算懂了吧，你说得很有道理……但是我根本做不到，你不了解情况……"

"你亲眼看到了，我是会读心术的，我了解的情况比你想象的还要多。我猜，你是不是欠了他的钱？"

"是有这么回事，但这不是最主要的。主要的事情我不能告诉你，绝对不能！"

"你欠了他多少钱？我可以给你，这样也解决不了问题吗？"

"事情没有这么简单。我求求你了，不要跟任何人提起这件事，一个字也不要提！不要再逼我了！"

"辛克莱，请你相信我。我希望过段时间，你会把你们的秘密告诉我。"

"绝对不可能！"我喊道。

"没人强迫你。我的意思是说，也许将来你会自愿地多告诉我一些详情。你该不会担心我会像克罗默那样胁迫你吧？"

"我没这么想，不过你也确实什么都不知道！"

"我是不知道克罗默对你做了什么，一切只是我的揣测罢了。不过我绝不会像克罗默那样对你，这一点你可以信任我。当然了，你也不欠我什么。"

随后我俩陷入长长的沉默，我也渐渐冷静了下来。德米安的话在我的脑海中变得越来越神秘莫测起来。

"我得回家了。"他在雨中紧了紧身上的大衣，"既然我们说到了这个份上，有一点我必须再强调一遍，你必须摆脱那个

第二章 该 隐

家伙！如果实在甩不掉，那就干脆把他打死！如果你做到了这一点，我会非常欣赏和钦佩你的，当然了，我也很乐意助你一臂之力。"

我的心中浮现出全新的恐惧感。我又突然想起了那个关于该隐的故事，这太诡谲了，我禁不住啜泣起来，感觉自己被无数难以理解的事情团团包围了。

"好啦好啦，"德米安笑着说，"回家吧！虽然打死他是最简单的解决办法——很多时候，最简单的法子就是最好的——不过我们还是能理性解决的。你的'朋友'克罗默可不是什么良善之辈。"

当我终于走到家时，仿佛自己已经离开了一年之久，一切看起来都不一样了。我和克罗默的关系仿佛突然有了转机。我再也不是孤军奋战！直到此时我才意识到：这几周以来，苦苦保守着秘密的我，竟然是那么的孤独。我立刻就想起了之前那么多次想要坦白的时刻：向父母告解，最多只能缓解我的负罪感，却不能解决整件事情。然而，现在我却向别人几乎交代了一切，尽管他是个陌生的外人，对于获得解脱的预感却已然让我振奋！

然而，我的恐惧感依然还在。

我已经准备与我的敌人进行艰苦卓绝的持久战了，然而一切却出乎意料地平静了下来，我的生活突然变得无波无澜。

我家前面没有再响起克罗默的口哨声，一天、两天、三天、一周过去了，始终没有动静。我简直不敢相信，一颗心仍然悬着，总觉得不知什么时候，克罗默的口哨声就会毫无预兆地再次响起。可是这份平静居然延续了下去！面对这突如其来的自由，我始终心怀疑虑，直到我终于又碰到了弗朗茨·克罗默。那天他从绳索巷迎面走来，正好跟我打了个照面。他看到我的时候，下意识地缩起了脖子，整张脸皱成一团，掉头就向别处去了，像是为了避开我。

我从未体验过那样的瞬间！我的敌人居然见到我就逃开了！我的撒旦居然害怕我！惊讶和狂喜如潮水般一浪又一浪地冲击着我的心脏。

这些天里，德米安又出现了一回，他在校门口等着我。

"早。"我问候他。

"早上好，辛克莱。我只想问一下你的近况，你还好吗？那个克罗默不再招惹你了吧？"

"是你帮了我，对吗？你是怎么做到的？到底用了什么办法？他现在完全不来纠缠我了，我一点都不知道是怎么回事。"

"那就好。我想他应该不敢再去找你了。不过这家伙很嚣张，如果他又去骚扰你，就跟他说'别忘了德米安'。"

"到底是怎么一回事？难道你去找他算账，把他打了一顿？"

"不不不，那不是我的风格。我只是跟他好好谈了谈，就像我们之间的对话一样。我只是让他明白，只要不找你的麻烦，对他是件有好处的事。"

"什么？你该不会用钱收买了他吧？"

"当然不是，我的小老弟。这条路你不是已经试过了吗？行不通的。"

他又在试图和我打哑谜了，他优雅地回避了我所有的提问。我的心里重新浮现出对他已有的那种感觉：感激中夹杂着自惭形秽，欣赏中混合着惶恐不安，喜爱中伴随着欲拒还迎。我很少有过如此复杂的感受。

那次碰面之后，我以为很快就会再见到他，我决心到时候一定跟他把一切都说开了，而且还要聊聊该隐的话题。

然而，后来的事情却未能如此。

感恩并不是我所信仰的美德，要求一个小孩子拥有感恩之心，在我看来也是虚伪的。所以，那个年少的我对于德米安的相助没有表示出丝毫的感谢，而我对自己的表现也并不意外。直到今天我都必须承认，如果德米安没有把我从克罗默的魔掌中解救出来，我的人生一定早就毁了，那次解脱是我年轻时最重要的生命转折点。可是，那个解救我的英雄，却在我体验了获救的狂喜之后，被我立刻抛在一边。

诚如方才所说，当年的我对自己的忘恩负义并不感到意外，反而为自己在整件事情中严重缺乏好奇心而惊奇。那时的我，完全没有去深挖德米安的秘密，也没去听他继续谈论该隐和亚伯，没去探究他究竟对克罗默做了什么，也没有好奇他的读心术，我怎么可能对这些如此无动于衷呢？

这种状况令人费解，可事实却又真的如此。我眼瞧着自己从地狱中解脱出来，那个光明喜乐的世界重新回到了眼前，我再也不用终日惶恐、心神不宁了。邪恶的咒语就此解开，我不再是受折磨的被诅咒者，而是重新变回了一个好学生。我本能地渴望尽快找回宁静与和谐，不遗余力地抹去身上那些丑陋的、被威胁过的痕迹，将这些彻底忘记。而这个关于要挟和恐惧的漫长故事，居然真的以惊人的速度从我记忆中消失了，似乎完全没有留下疤痕和残迹。

今天的我已经可以理解当初的苦衷了，正是出于上述原因，我才将恩人兼救星迅速抛诸脑后。为了尽快逃离被诅咒的幽谷，为了尽快忘记克罗默的奴役，当时的我用尽了浑身的气力和能量。我那受伤的灵魂只想立刻回到遗失的乐园，回到幸福与满足的生活中去。天堂之门重新为我开启，我飞奔回父母和姐妹的怀抱，飞奔回那份纯洁的馨香里，飞奔回虔诚的亚伯身边。

与德米安的那次短暂对话让我终于放下心来，重新找回的自由不会轻易消失了。于是，我终于迈出了一直想迈却不敢迈的那一步——向父母忏悔。我把坏掉的存钱罐拿给母亲看，里面装着的不是硬币，而是游戏币，还向她讲述了自己因为恶念而被恶魔挟持了很久的事。母亲没弄明白所有细节，但她看到了眼前的存钱罐，看到了我转变之后的眼神，听到了我转变之后的语调，她明白我康复了，又是她的好孩子了。

第二章　该　隐

浪子回头，家人重新对我张开了怀抱，这一切都令我激动不已。母亲带我去见了父亲，把整件事又讲了一遍。伴随着提问和惊叹，父母轻抚着我的头，长长地舒了一口气。一切都美好极了，就像童话里描写的一样，所有不堪都在无与伦比的和谐中随风而逝。

我在这一团祥和的气氛中激动不已。我重新找回了自己的宁静，重新赢得了父母的信任，这一切令我无比沉醉。我跟姐妹们玩耍的时间比从前更多了，做礼拜的时候，我作为一个迷途知返的孩子，满心热忱地高唱着圣歌。这份热忱完全出自一颗真心，不掺杂丝毫的虚伪。

不过，这个大团圆里总有一点美中不足，这一点也正是我"遗忘"了德米安的真实原因。这美中不足就是——我没有向德米安忏悔。向他坦诚一切用不着多么婉转和感人的措辞，可就是这么简单的一件事，我却直接略过了！我已经重新回到了过去的天堂，被伊甸园重新接纳了，可是德米安却无论如何都不属于这个世界，他不是伊甸园里的一员。虽然他跟克罗默不一样，可他也是某种邪祟，会将我引向另外一个邪恶的糟糕的世界，而我这辈子再也不想跟那种世界有任何瓜葛。我不能也不愿出卖亚伯来为该隐增光，尤其是现在，当我自己刚刚做回亚伯的时候。

但这些其实都还只是表面上的原因，内心深处真正的缘由是：我之所以能从克罗默和魔鬼的手心里逃脱，并不是凭借我自己的力气和能量。我曾试图在这个迷宫一般的世界中找到出路，然而力不从心。紧要关头，一只友好的手将我从恶魔的巢穴中救了出来，而我一朝得到解脱，便毫不迟疑地朝母亲的膝头奔去，奔回那个安全、虔诚、温馨的童年，这种行为让我比从前更加幼稚、依赖和弱小。因为我没有能力独行，所以必须寻找一个新的依从对象来取代克罗默，而父亲、母亲以及那个曾被我珍爱的"光明世界"，就是我选中的对象，尽管，我已经知道还有另外一个世界的存在。如果我没有在第一时间做出这样的选择，可能已经投向了德米安的怀抱，去全身心地仰赖他。我之所以没有这么做，大抵还是出于对他古怪言论的不信任吧，甚至完全是恐惧。德米安对我的要求一定会远远高于父母，他会不断通过鼓励、催促、劝导和激将法，试图把我变得独立自主。如今的我才明白，这世界上没有什么比通向真实自我的道路更令人抗拒了。

然而半年之后，我终于还是没能抵挡住心底的诱惑。在与父亲一起散步的时候，我忍不住向他提出了那个疑问："有些人认为，与亚伯相比，该隐是个更好的人，您怎么看？"

父亲听到后很惊讶，随后向我解释道，这种说法由来已久了。早在《旧约》时期就被很多教派四处宣扬，其中的一个分支更是自称为"该隐派"。不过这种歪理邪说显然是魔鬼的阴谋，目的是瓦解我们的信仰。如果该隐是对的，而亚伯是错的，那言外之意就是上帝犯了一个错误，圣经里面的上帝不是真正的上帝，不是唯一的上帝，而是一位冒牌货。因此，虽然曾经的该隐派教导和宣扬过类似的说法，但也是历史久远的事了，如今这套歪理早就销声匿迹。当得知这个想法竟然来自我的一位同学时，父亲大为吃惊，再三严肃地告诫我，断不可被这种邪念所蛊惑。

强 盗

Demian: die geschichte von emil sinclairs jugend

第三章

如果讲起我的童年，自然是充满了美好、温柔和爱意的。在父母的庇护和关心之下，我无忧无虑地在光明的世界中玩耍嬉戏，肆意地享受着和煦的柔情。然而关于童年的这些描述，也早已是其他人口中的老生常谈了。真正令我感兴趣的，恰恰是童年之后的人生走向，那条通向真实自我的征途。至于童年的伊甸园，那美妙的宁静时光、幸福斑斓的岛屿，我早已熟知，并远远地留在了记忆的余晖中，再也不愿回去了。

所以我想要讲述的，都是些崭新的话题，尽管它们仍与我的年少时光有关，但它们却撕碎了陈旧的我，并推动着新的我向前。

来自"另一个世界"的波涛源源不断地拍打着我，那里面裹挟着恐惧、逼迫和邪念。然而它们是颠覆性、革命性的，不断威胁着我所在的那个平静世界。

在接下来的几年中，我被一股强大的内驱力引导着，拥有了很多崭新的发现，而这些崭新的体验是为光明世界所不齿的，必须遮盖和隐藏起来。是的，我开始慢慢体会到了性意识的觉醒，它就像一个敌人和歹徒，带有强大的蛊惑力，是一种必须被禁止的罪恶。我的所思所念，我的魂梦所系，我的欲望与恐惧，都成了青春期里最大的秘密，与我那幸福无邪的童年时光格格不入。像所有人一样，我过上了身为一个孩子的双重生活，因为我已经不再是一个孩子了。我的表意识依旧生活在中规中矩的旧世界里，并否认那个正在形成中的新世界。而实

第三章 强盗

际上,我却同时隐秘地生活在充满梦想、欲望和冲动的新世界中。随着我童年世界的分崩离析,新旧世界之间开始搭起一座惶恐不安的桥。面对着我迈向成人世界所产生的变化,我的父母同其他所有的父母一样手足无措,我那隐秘的冲动和欲望,因此无人提起。他们只会用无穷无尽的关怀来支持我,帮助我否认现实,继续留在童年的世界里,这自然是徒劳的,这种尝试随着时间的推移变得越来越无力、越来越不真实。我无法对我的父母妄加评议,因为我并不确定他们究竟对我有着多大的干预能力。这本就是我自己的人生课题,需要我自己去完成,自己去寻找道路,而我却像大多数受到良好教育的人一样,做得一团糟。

在这段人人都必须经历的艰难阶段,大多数人的生命诉求与现实环境正进行着最为激烈的碰撞。只有通过艰苦的斗争,才能杀出一条向前的路,在童年世界逐渐垮塌、人生逐渐陷入虚无的过程中,许多人会经历命中注定的、仅此一次的死亡和重生,一切爱意都离我们而去,心中唯独留下孤独和穹宇间肃杀的寒意。还有非常多的人会永远困于这个阶段,余生都沉湎于一去不返的往日梦境,不断怀念那逝去的伊甸园——这恐怕是世间最残酷和糟糕的梦境了。

让我们重新回到我的故事上来。那些标志着童年终结的感受和梦境,实在无足轻重,不值得悉数道来。真正重要的是,那个"黑暗的世界",所谓的"另一个世界",又杀回来了。曾经存在于弗朗茨·克罗默身上的特质，现在竟然潜入了我的体内。"另一个世界"就这样重新把我攥进了股掌之中。

我与克罗默之间的故事已经过去好几年了，我生命里那个罪恶的、戏剧化的阶段，如今回首已经如此遥远，就像一场短暂的、一觉醒来就烟消云散的噩梦。弗朗茨·克罗默已经从我的生活中消失许久，以至于有次我在路上遇到他，几乎都没有认出他来。至于我悲剧故事里的另一个主人公——马克斯·德米安，却并未完全从我的生活圈消失。长久以来，他一直在我生活圈子的边缘，看得到，却摸不着。而他重新走近我的方式，也是徐徐缓行的，像从前一样，再次把他的力量和影响力带入我的生活。

我尽力回想那段时间里关于德米安的记忆。将近一年多的时间里，我们没有再说过话，我有意躲着他，而他也完全无意勉强我。如果我们在路上碰到了，他也只是冲我点点头，礼貌地问候一声。有些时候，我会在他友善的神情下发现一丝轻蔑和讽刺，至少有点这种意味。我们之间曾经发生过的故事，和他对我造成过的微妙影响，好像被我们俩都忘掉了。

我努力追溯他的形象，脑海中立刻浮现出他的身影，他的声音和表情牢牢地印在我的记忆中：德米安走在上学的路上，要么一个人，要么夹在高年级的学生中间。他是如此不同寻常，像一颗孤独又沉静的星球，四周环绕着自己的空气，按照自己的规则兀自旋转着。除了他的母亲，没有人爱他，也没有

第三章 强 盗

人了解他。但即使与自己的母亲打交道时，他依旧不像是一个孩子，而更像一个大人。老师们则尽量不去招惹他，尽管他是个好学生，但他从不试图取悦任何人。我们时不时就会听到些关于德米安不敬师长的传言，要么是他反驳了老师，要么是他讽刺了老师。他的不敬之词一贯尖刻，简直堪称批判主义的教科书了。

我闭上眼睛继续追忆，脑中又浮现出一个场景。这是哪里呢？啊哈，这是我家门前的巷子。一天，我看见德米安手持一个速写本站在那里画画，他在临摹我家门上那个以鸟为主题的古老徽章。而我则站在窗前，躲在窗帘后面观察他。怀着深深的欣赏之情，我凝视着他那张专注的、冷峻的、明朗的脸庞，那张脸分明属于一个男人、一名学者或者一位艺术家，他是如此卓尔不群、充满意志力，同时又特别神采奕奕、冷静自持，而且，他还生着一双充满智慧的眼睛。

我与德米安的再次相遇，是一段时间以后的事了。那是在我们放学回家的路上，一匹马倒地不起，阻断了道路，它的身上还套着车具，一辆农车就停在它的身后。它痛苦地呻吟着，大口地喘息，鲜血从看不见的伤口汩汩涌出，将它身下的白色尘土慢慢染成了深红色。目睹此情此景，我不禁恶心想吐，连忙扭头看向别处，德米安的脸就这样映入我的眼帘。他没有随着围观的人群向前拥挤，而是一如往常地优雅安然，静静站在人群的最后面。他的视线似乎锁定在马的头部，脸上再度出现了那种冷静深沉的专注神情，那神情仿佛既饱含热情又毫无温度。我不由自主地端详他的脸庞，心头出现一种奇特又恍惚的感觉。起初我只是觉得那张脸不像个男孩，而像个男人，可是看得久了，我又觉得他也不像个男人了，而是更像别的什么人，甚至有一些女性化的色彩。有那么一个瞬间，他的脸在我眼里既不像个男人也不像个孩子，既不成熟也不稚嫩，仿佛已经一千多岁了，甚至已经达到了永恒。在他的世界里，时间运行的规则与我们这个世界完全不同。他的脸仿佛变成了万物，动物看起来可以如此，树木看起来可以如此，星辰看起来也可以如此。如今我身为一个成年人，依然忐忑于自己的这番描述是否准确，可在当时，我的感受就是如此。也许德米安是美好的，也许我是喜欢他的，也许我确实对他有所排斥，这些早已记不清了，唯一印象深刻的就是：他与我们是不同的，他就像一只动物，或者一个幽灵，又或者一幅画，我说不准他到底是什么，但他就是与众不同，与我们所有人都不同，且区别之大超乎想象。

这就是我的全部记忆了，其中不乏掺杂了一些后期演绎的成分。

直到我又长大了几岁之后，才终于和德米安重新有了近距离的接触。当时德米安已经到了举行坚信礼的年纪，但却没有遵照习俗这么做，这一反常举动又引发了满城风雨，一时间各种流言蜚语满天飞。学校里又开始传说他是犹太人或者是异教徒，还有人说德米安和他的母亲都是无神论者，或者双双皈依了离经叛道的教派。说起他的母亲，我不禁想起德米安曾经背负的最骇人的一个嫌疑——与母亲乱伦！他从没接受过系统的宗教教育，这一点很可能会极大地危及他的光明前途，因此他的母亲想尽办法还是将他送进了坚信礼的培训班。他的同龄人早在两年前都已经完成了这一课程，所以他入班后比身边的同学都大两岁，但也因此，我就这样成了他在坚信礼课上的同班同学。

开始的一段时间里，我总是有意地与他保持距离，不想跟他产生任何交集。他的身边围绕着太多的流言和秘密，而且在克罗默那件事之后，我心底对于德米安总怀有一份愧疚之情。况且那段时间我也正经历着"成长的烦恼"，确实无暇他顾。在学习坚信礼课程的过程中，我的性意识却在不断觉醒，我尽力用虔诚之心去聆听课程的教诲，可懵懂的性冲动还是让我对宗教的兴趣大打折扣。牧师口中的一切离我都太遥远了，那个世界宁静且神圣，也许它真的很美很珍贵，可是与生活中正在发生的激动人心的事相比，又显得太过虚无。

我越是觉得课程索然无味，就越是会被德米安吸引，仿佛冥冥之中有一股力量将我俩联结了起来。时隔已久，我必须好好回想当时的情景。那应该是某天的清晨，天还未大亮，所以教室里还开着灯。老师正好讲到了该隐与亚伯的故事，而我困意正浓，心不在焉，并没注意他讲到了哪里。讲到该隐额上的印记时，老师忽然提高了嗓门，我突然被一种警示的感觉击中，不禁抬头看向坐在前排的德米安，而德米安也正好回头看向了我，一双炯炯有神的眼睛仿佛在诉说着什么，半是戏谑，半是认真。在那片刻的对视之后，我打起精神聆听老师继续讲着该隐额上的印记，而在我内心深处，却有个声音开始质疑：他说得不对，那个印记还有别的可能性，这种成见需要被批判！

因为那个瞬间，我与德米安重新建立起了联结。这联结在某种程度上属于灵魂之间的同类感，更为神奇的是，这种精神上的联结，居然将我们在空间上也拉近了。我不知道是他有意为之，还是纯属巧合——当时的我坚信一切都是巧合而已——德米安在几天后突然把座位换到了我的前面。我至今还记得，在那个人满为患、充斥着难闻气味的教室里，他的后颈却散发着清新怡人的香皂味，坐在他身后的我很是喜欢这个味道。又过了几天，他再次调了座位，这回干脆直接坐到了我的旁边。整个冬天和早春，他的座位再没变过。

从那时起，晨课对我来说完全不同了。这几个小时不再无聊得令人昏昏欲睡，我甚至开始期待去上课。有些时候，我正与德米安全神贯注地聆听牧师的教诲，他突然使个眼色，就足以让我关注到某个特别的故事，或者某句不同寻常的话。如果他向我投来一个特别的眼神，我会立刻警醒起来，心中对课堂上的内容生出批判和怀疑。

第三章 强盗

不过大多数时候，我俩压根就不听课。对老师和同学们来说，德米安一向是个乖孩子，我从没见过他胡闹，也没听过他大笑或是交头接耳，老师更是从没惩罚过他。可他却不声不响地，用手势和眼神和我做起了游戏，其中有些游戏非常奇特。

比如，他会告诉我哪些学生引起了他的兴趣，而他又在用哪些方式研究这些人。上课前他会跟我说："我只要用大拇指做这个手势，那个家伙就会朝我们看过来，如果做这个手势，他就会挠挠自己的脖子。"凡此种种，不胜枚举。当我在课上几乎忘了这回事时，德米安会突然向我打个哑语，我立刻望向指定的人，每次都能看到那个人像德米安手上的提线木偶一样，举止完全如他预先所讲。我缠着德米安把这套"法术"在牧师的身上试试，可他总是不答应。直到有一次，我没做家庭作业，不得不在课前求助"万能"的德米安，希望他"作法"帮我免于老师的提问。课上，牧师想找个学生背诵某段教义问答，他的目光扫来扫去，一下子就停在了我心虚的脸上。他向我走近，抬手指了指我，就在将要叫出我名字的瞬间，他的注意力突然像被什么岔开了，显得局促不安。他整了整衣领，朝德米安走去，而此时的德米安定睛注视着牧师，好像有什么问题要问。令人意外的是，牧师最终还是走开了，清了清嗓子，然后叫起了另一位同学。

慢慢地我发现，我并非是这套有趣把戏的旁观者，而是自己也常常身在其中。上学的路上，我总会突然感到德米安就在我身后不远处，而只要我回头望去，就一定能看到他在那里。

"你当真能操纵别人的意识，让他们按照你的意志思考吗？"我不禁问他。

他依旧是那副大人的冷静神态，就事论事地向我解释起来。

"不，"他说，"这是办不到的。人们并不像牧师所说的那样拥有自由意志，人们既不能按照自己的意志思考，也不会按照我的意志思考。不过，我们如果好好地观察一个人，久而久之就能非常准确地判断他的想法和感受，也能在大多数情况下预知他下一刻会做什么。这其实很简单，只是大家都不知道而已。当然，这也需要大量的练习。

"举个例子来说吧。有一种在夜间活动的蝴蝶，雌性的数量远远少于雄性。它们的繁殖方式也跟所有动物一样，雄性使雌性受精，然后雌性产卵。研究表明，如果我们抓住一只雌性的蝴蝶，夜里便会有很多雄蝶飞来，而且它们是飞了几个小时的路程找来的！几个小时啊，你可以设想一下，远在几公里之外的雄蝶居然感应到了这仅有的一只雌蝶的存在。人们试图解释这一现象，但非常困难。它们一定是有某种超强的嗅觉或者类似的奇特能力，就像训练有素的猎犬可以注意到蛛丝马迹并追踪到底一样。这种神奇的事情在自然界里比比皆是，没有人能解释这些奇迹。不过要我说，如果这种蝴蝶的雌性数量与雄性数量相仿的话，它们就不会有如此敏锐的嗅觉了，它们发展出了神奇的鼻子，完全是因为它们别无选择！换句话说，如果动物或者人类将自己的全部精力和意志力都集中在某件事上，就一定能做成。你刚才问的问题其实就是这么一回事，要是你足够用心观察某个人，最终你就会比他本人更了解他自己。"

我差点就让"读心术"三个字脱口而出了，可又担心这个词会让他想起克罗默，让记忆倒回到那个时候。说起那件事，我与德米安都有些奇怪，他曾经那么真切地参与了我的生活，可我俩对于这段往事却都只字不提，仿佛我们之间从没发生过任何事，或者我们都以为对方已经忘了这回事。有那么一两次，我们相伴而行的时候，在路上遇到了弗朗茨·克罗默，可我们居然连个眼神都没有交换，并且绝口不提。

"你对意志的说法是不是有些自相矛盾？"我问道，"你先是说人们根本没有自由意志，之后又说一个人把意志集中于一点，就一定能达成目标。这不对劲！如果我不是自己意志的主人，那就根本不能随意支配自己的意志。"

德米安拍了拍我的肩膀，他总是用这种方式表达他的愉悦之情。

"问得好！"他笑着说道，"做人就是应该不断发问，不断质疑。你说的这个问题其实非常简单，比如那些蝴蝶想要凭借意志力飞到其他星球去，那肯定是万万做不到的，它们也根本不会尝试。对它们来说，目标必须是有意义且有价值的，是它们需要且必不可少的。正因如此，它们才拥有了不可思议的第六感，成就了这一难以置信的奇迹，而其他动物却没做到！相比动物，人类的活动空间要大得多，兴趣也丰富得多。可即便如此，我们还总是局限于相对狭小的眼界，跳不出这个框。我可以发个宏愿，比如幻想自己征服了北极，但如果真想实现这个目标，想变得足够强大，就必须让这个心愿在我的体内扎根，全身心地投入这个目标。一旦做到了这一点，你整个人就会被内心驱动着向前，你的意志会像驯服的骏马一样任你驱驰。可是如果我现在发愿，希望咱们的牧师先生以后都不要戴眼镜了，那么这种愿力就是根本行不通的，这种发愿纯属儿戏。不过，秋天的时候我曾经发愿想要离开前排的座位，这个愿望倒是实现得很顺利。之前有个姓名排序在我之前的同学突然生病了，他病愈后重返课堂，自然得有人腾位子给他。托自己的福，我的意志被感应到了，所以我就成了那个腾位子的人。"

"对，"我应和道，"我也觉得蹊跷，自从咱们交换了眼神的那一刻起，你就坐得离我越来越近。而且也不是一下子就坐到了我旁边，你先是调到了我的前座，后来又换了座，你是怎么做到的？"

"是这样的：腾出座位后，我也不知道自己想要调到哪儿去，只是大略觉得想坐到后面去。坐到你身边确实是我的意愿，只是当时我并没意识到。与此同时，你的意愿恰好与我的意愿重合了，这也给了我很多助力。直到换到你前座之后，我才意识到自己的愿望已经实现了一半，坐到你身边才是我

第三章 强 盗

最终的目标。"

"可那个时候并没有新生插班进来啊。"

"是的，不过当时我一心只想尽快调座，所以直奔目标，跟坐在你身边的同学请求换位子。他虽然非常不解，但还是答应了。牧师先生也注意到了座次的变化，每次他找我的时候，都会隐约觉得不对劲。他知道我叫德米安，名字的开头字母是D，可是我却直接坐在姓名开头为S的同学身后！可是他到底也没有弄清楚究竟哪里不对，因为我的意志不允许他意识到，所以会千方百计地阻挠他。于是，他一次次地觉察到不对劲，一次次地注视我、研究我，而我也自有应对之策，每次他看我的时候，我就定定地注视他的眼睛。几乎所有人都受不了长时间的对视，这会让人感到不安。如果你想跟某个人较量，那就出其不意地注视他的眼睛，如果他完全没有变得慌张，那你就趁早放弃吧，你拿这个人完全没有办法！不过这种人极少，我认识的人里面总共只有一位，这套把戏对他毫无影响力。"

"这个人是谁？"我立刻问道。

他看了看我，微微眯起了眼睛，这是他深思时候的表情。随后他朝远方望去，没有回答。我虽然好奇得要命，却也只能作罢，不再追问。

我心中暗暗猜测，德米安所说的那个人应该是他的母亲。他与母亲之间的关系似乎非常亲密，可是他却从没向我提及过母亲，也从没把我带回家见过他的母亲。我几乎不晓得他的母亲是什么样子。

那段时间我经常试图模仿德米安——集中意志力，实现心中所愿。彼时的我，心里揣着好多急于实现的愿望，可是试来试去，却什么也没发生，那套理论在我这里行不通。但我没有勇气向德米安讲起这些失败的尝试，因为我的那些"心愿"实在没法对他说出口，庆幸的是，德米安也从来没有问过我。

我对宗教的信仰也开始出现了一些裂痕。只不过，尽管我的思想受到了德米安的影响，但我与那些宣称完全不信教的同学仍然不同。学校里确实有几个人常常放话出来，说信仰上帝是多么的可笑和没有价值，还嘲笑"三位一体"和"童贞诞生"的圣经故事荒诞无稽，说我们如今还被灌输这些思想，简直就是耻辱。而我完全不认同这些说法，即使我的心里也有质疑，但我的整个童年都向我彰显了虔诚生活的真实性。我父母就过着这样的生活，这种生活既不是毫无价值的，也不是虚伪的。对于宗教信仰，我自始至终都抱有一份敬畏之心。只是因为德米安的关系，我已经习惯了用自由的、个性的、玩世不恭的、充满幻想的方式去看待和解读圣经故事以及信条。而德米安提出来的一些新鲜观点，我已经都能欣然接受了。当然，他的很多说法对我而言依然过于离谱，一时难以消化，比如关于该隐的那个。在一次坚信礼课后，他的一个更为大胆的想法再次吓到了我。在那节课上，老师讲了耶稣受难的故事。从我很

第三章　强盗

小的时候，圣经中关于耶稣被钉十字架、为人们奉献生命的章节就给我留下了深刻的印象。记得每个耶稣受难日，父亲都会向我们讲起这个故事，而我每每都会深受触动，感慨自己生活在一个充满了苦难和美好的世界里，一个苍白虚幻、同时又生机勃勃的世界里，生活在耶稣受难的骷髅地，生活在十字架之上。每当巴赫的《马太受难曲》响起时，我的心都会因为这来自神秘世界的痛苦之光而战栗，那束光既幽暗又强烈。直到今天，我依然能在这首曲子以及巴赫的《第106号康塔塔》中洞察一切诗歌与艺术所表达的本质。

下课后，德米安若有所思地对我说："辛克莱，这节课的有些内容我不太喜欢。你可以再读一遍这个故事，细细琢磨一下，里面有些东西不对劲。对，就是关于那两个盗贼的情节不对劲！其中一个盗贼恶贯满盈，上帝也都知道，可死到临头了，他却突然痛哭流涕、改过自新了。你倒是说说，这种戏剧化的转变到底有什么意义？一定又是个典型的'牧师故事'而已，以心灵感化和高度的教育意义为背景，情节美好却虚伪。试想一下，如果必须从这两个盗贼中选一个做朋友，或者选一个来信任，那绝不能选这个哭哭啼啼的，这家伙绝对不可托付。而另外那个盗贼反倒是个有节操的。他没有像棵墙头草一样改弦易张，而是一条道走到黑，在最后时刻也不愿背叛一路引导和支持他的魔鬼。他是个有气节的人，这种人在圣经故事里出现得太少了。说不定他也是该隐的后人，你说呢？"

我错愕不已。耶稣被钉在十字架上的故事我早就烂熟于心。可直到此刻我才意识到，自己从前聆听和阅读这个故事时，是多么地缺乏想象力和个人见解。可不管怎么说，德米安的这个新想法在我看来还是太颠覆了，它直接威胁到我执着坚信的那些。不！不是所有事、所有人都可以被随意推翻，最神圣的东西更是不行！

一如往常地，我还没开口讲话，德米安就注意到了我的抗拒。

"我知道你是怎么想的，"他说道，"这故事的确非常古老，不过这不代表它就是真的。我想告诉你的是：这故事的一些要点，向我们清晰地暴露了宗教的缺陷。无论在《旧约》还是《新约》里，上帝的形象都是完美无缺的，这偏离了上帝的本来面目。上帝是良善的、高尚的、充满父爱的、美好的、高山仰止的、悲悯的，这些都没错！不过这个世界还有另外的一面，那里的一切都被记到了魔鬼的头上，而另外一半的世界就这样被压制和封锁了起来，成了不能说的禁忌。人们一边将上帝作为万物的父亲来赞颂，一边却对全部的两性生活讳莫如深，或者解释成魔鬼的把戏或罪恶的行径。可生命得以延续的基础，分明就是性生活啊！我不反对礼敬上帝耶和华，一点都不反对，可我的意思是说，万物都值得被礼敬，整个世界都是神圣的，而不能人为地割裂成两半，然后只崇拜大家公认的那一半。我们不仅需要侍奉上帝，还需要侍奉魔鬼，我认为这才是正途。或者，我们还可以塑造出一个包含了魔鬼特质的上帝，一个完整的上帝，而不是在面对世上最正常的七情六欲时，都要强迫自己闭上眼睛的上帝。"

他讲得非常激动，几乎有些失态，不像平时的他。在稍作停顿之后，他又笑了起来，停止了对我高谈阔论。

然而，他的这番话正好击中了我整个少年时代都怀揣着的秘密，尽管这个秘密时刻都在我的心中盘旋，但我从没向任何人提过半个字。德米安对于上帝和魔鬼的看法，对于世界被分为正邪两道的描述，却正好吻合了我对世界的认知。我把世界一分为二，一半是光明，一半是黑暗，与他的见解可谓一拍即合。当我意识到困扰自己的这个问题事关全人类，事关世间众生和一切思想，这个难题瞬间变成了神圣的阴影。我看到并感受到自己的生命与意识汇入大智慧的永恒洪流，这让我的心中升腾起恐惧和敬意。只是，这份洞见虽然在某种程度上带来了坚定感和满足感，可它却不是令人愉悦的，它的意味是清晰而坚硬的，它意味着我不再是小孩了，必须独立自主、承担责任了。

于是，我平生第一次道出了隐藏至深的秘密，倾诉的对象正是这位相识于幼年的老同学。我讲述了自己那套"两个世界"的观点，德米安马上就看出了我是他的知己，但他并没有借题发挥、洋洋得意，他不是这种性子。德米安倾听得越来越专注，全程凝视着我的眼睛，我招架不住长时间的对视，不得不将视线移向别处。我在他的眼神中又一次看到了那种罕见的、带有动物性的永恒，以及难以揣测的古老深邃。

"我们改天再好好聊这个。"他轻声说道，"看得出来，你的思想比你表达出来的更丰富。而正因如此，相信你也意识到了，你并没有把自己的所思所想付诸行动，活出完整的自我，这很遗憾，因为只有在生活里实践过的思想才有价值。你已经明白了'被允许的世界'只是半个世界而已，而另外半个世界一直被打压，就像牧师和教师他们所做的那样。目前这种活法是不会让你幸福的！一旦洞察了这一切，这种活法就不会让任何人幸福。"

他的话震撼了我的内心。

"可是！"我几乎是在喊，"这世上确实存在着禁止的行为和丑陋的东西，你无法否认这一点啊！这些是我们绝对不能沾染的。难道因为这世上有谋杀，有其他各种形式的罪恶，我就也要去犯罪吗？"

"这个话题太庞大了，我们今天可说不透。"德米安试着安抚我，"你说得没错，杀人强奸当然是不能做的，可是你需要看到'允许'和'禁止'的真正含义。换句话说，你只看到了真理的一部分，而人应该见识到真理的全貌，不过不用急，你终有一天会做到的。最近一年来，你的内在出现了一种冲动，它比任何其他冲动都更强烈，它在我们这里是被'禁止'的。可是希腊人以及许多其他民族却把这股冲动神圣化了，甚至举行盛大的仪式来赞颂。所以'禁止'和'允许'并不是一成不变的，两者可以相互转换。即便在我们这里，如果一对男女在牧师面前结为夫妇，也就可以同床共枕了。在其他族类那里，相关的规矩会有所不同，并且从古至今都有这样的差异。所以，我们每个人必须为自己做主，自己决定什么是可以做的，什么又绝不会染指。从这个角度出发，有些人即使一辈子没违法乱纪，可他依然可以是个小人，反之亦然。说到底这关乎人们的惰性，有些人懒得费脑筋去独立思考，懒得做自己的法官，这些人把'拥有自我'也划入'禁止'的行列。每个受人尊敬的人都会做的事，在他们那儿就是禁忌；而其他真正应当避免的行为，在他们那儿反倒畅行无阻。还是那句话，每个人都要有自己的立场。"

似乎是后悔和我说得太多了，德米安突然之间沉默了下来。那一刻，我却或多或少地理解了他的感受。尽管他总是用循循善诱的方式抒发自己的观点，但他骨子里就像他曾说过的那样，死也无法忍受"为了说话而说话"的空洞交流。而我的诉说在他看来，除了真正的好奇心和求知欲之外，还充斥着太多的儿戏和夸夸其谈，或者诸如此类的轻浮之味，缺乏一种完满的严谨。

说到"完满的严谨"，我的脑海中突然闪现出一个场景，那是我和德米安都还是半大孩子时一同经历过的最难忘的往事。

在坚信礼课程接近尾声时，我们集中学习了圣餐的事宜。牧师对这一课题非常重视，讲得也格外卖力，课堂气氛都明显变得庄严肃穆了。而我在这几节课上却完全心不在焉，满脑子都在想着我的这个朋友。坚信礼的意义原本在于用一个欢庆的仪式，宣告我们正式被教区接纳了。但是，这将近半年的宗教指导在我看来，最大的价值不在于课上学到的知识，而在于能近距离地被德米安影响和感染。如今的我并非准备好了将自己托付给教会，而是准备好了将自己纳入某种思想和人格秩序，一种一定存在于这个世界上的秩序，而这一秩序的代表和使者，就是我的朋友——德米安。

我试着压抑这些念头，希望自己能庄重地完成坚信礼，可头脑中那个不安分的声音却并不打算配合。它们就在那里，我无从回避，渐渐地，它们甚至与坚信礼也关联了起来。我确定了，我要顺从自己的内心，用一种与众不同的方式来体验坚信礼。坚信礼对我而言，应该意味着被一个全新的思想世界所接纳，也就是我在德米安身上所见识的那个世界。

一天上课前，我又兴致勃勃地与德米安争论了起来。可他很快就闭紧了双唇，显然对我那自以为是的夸夸其谈不感兴趣。

"我们的话太多了，"他的语气格外严肃，"巧言令色是没有价值的，一点儿价值都没有，只会让人迷失自我。而迷失自我是一种罪过，我们必须像龟一样，能够将自己完全地收进自我之中。"

说到此处，我们走进了教室。落座后我开始专心听讲，德

第三章 强 盗

米安也没有打扰我。但没过多久，我的身边突然弥散着一种虚空清冷的气息，仿佛那个位子的人凭空消失了。这种感觉刚一出现，我就不禁扭过头看向德米安。

他像平日里一样笔挺地端坐着，可看起来又有些不同。他散发着某种我不认得的气息，这种气息环绕着他。我以为他的眼睛是闭上的，可仔细一看，他分明睁着眼，且一眨不眨，并没有在看任何事物。他双目放空，仿佛在内观自我，又仿佛在眺望远方。他看上去进入了全然的静谧，似乎连呼吸都停止了，嘴唇像是木头或是石块雕出的一样。他面无血色，苍白如石，棕色的头发是他浑身上下最有生机的部分了。他的双手垂在身前的座椅上，纹丝不动，如同没有生命的物件，类似石头或是离枝的果实那样。尽管他身上的一切苍白而静止，却并不显得虚弱无力，恰恰相反，它们看起来正好好地、严实地包裹着一个强大的生命。

眼前的情景让我颤抖起来，我觉得德米安死了，我差点惊叫出声来。可我心里又很清楚，他一定还活着，我用眼睛的余光重新打量那张苍白如石像的脸，一种感觉浮上心头：这才是真正的德米安！从前那个与我同行跟我对话的人，只是半个德米安，只是他一时的逢场作戏罢了。原来真正的德米安看起来就是这样的，如此的美好又冰冷，像石雕，又似动物，散发着远古的气息，死亡与蓬勃的生命力就这样神奇地集于一身。环绕在他身边的是静谧的虚空，是星空和以太，是孤独的死亡！

"现在，他全然深入到自我之中去了。"想到这里，我不寒而栗，一种从未有过的孤绝感袭上心头。对我来说，此刻的德米安是与我没有交集的，尽管他就在我身边，却比身在世上最遥远的岛屿更加遥不可及。

我不明白，为什么只有我看到了这一幕！所有人都应该看过来，所有人都应该战栗！然而没有人注意到德米安，他就那样僵硬地端坐着，在我看来，几乎化为了一个图腾。一只苍蝇落到了他的额上，又缓缓爬过他的鼻子和嘴唇，他居然没有半丝反应。

他此刻在哪里，究竟在哪里啊？他在想什么？他有什么感觉？他到底身在天堂还是地狱？

我的这些问题，都无法得到他的回答。快下课时，我看到他恢复了呼吸，重新活了过来，当他的视线与我的目光相遇时，他看起来一如往昔。他从哪里返回的？他刚才去了哪里？他看起来很疲惫，虽然面庞重新有了表情，双手也行动如常，但棕色的头发却失去了光泽，形同枯槁。

在此后的日子里，我多次在自己的卧室里尝试一种全新的修习方式：挺直腰板坐在椅子上，睁大眼睛盯着前方，极力保持身体的岿然不动，想看看自己能坚持多久，又会在过程中体验到什么。结果，这修习总是以我疲惫不堪且眼皮痒涩而告终。

不久之后，我们举行了坚信礼，只是对此我已经没有什么

第三章　强　盗

深刻的印象了。

童年世界在我的周遭轰然坍塌，我生活里的一切都变了。父母看我的眼神总带着某种困窘，而姐妹们则与我完全生疏了。我曾经习以为常的感受和喜悦，都随着一种幻灭感而逐渐褪色消逝。花园失去了芬芳，森林失去了吸引力，我身边的整个世界好似一场旧货清仓大甩卖，枯燥且乏味。书籍不过是一堆纸张，音乐不过是一种声响。我就像一棵秋天里的树，枯叶落了一地。雨滴、阳光、霜雪穿过枝丫，树干却毫无知觉，生命缓缓地蜷缩进更深的内在。然而大树并没有死，它只是在等待。

家里决定假期之后就送我去一所寄宿学校，这将是我第一次离开家。母亲会时不时地对我特别温柔，像是在进行预先的告别，她想用这份母爱在我心里种下思乡和念家的种子。德米安已经去旅行了，我孤身一人度过了假期。

梦中情人——贝雅特丽齐

Demian: die geschichte von emil sinclairs jugend

第四章

直到假期结束，我都没有再见到过德米安。父母一起将我送到了寄宿学校，把我交托到负责的老师手上，千叮咛万嘱咐。如果他们当时知道我会就此走上歧途，一定会惊诧万分。

那个困扰我的问题依旧存在着：时光飞逝，我究竟是会成为一个好儿子，一位好公民，还是会被本性推向另一条道路？我决定努力最后一次，在父母和圣灵的庇佑下幸福地生活，我确实坚持了很久，一度几乎就要做到了，可最终还是功亏一篑。

坚信礼之后的假期里，我头一次体验到了那种特殊的空虚和孤独，且这些感受并没有迅速地消散（之后我将再次呼吸这空虚而稀薄的空气）。告别故乡这件事出乎意料地轻松，事实上，我因此萌生出了惭愧，自己居然毫无眷恋之情。我的姐妹们一直掉眼泪，而我却不为所动，这让我自己都大吃一惊，毕竟我从前一直都是个很感性的孩子，而且总体来说也算得上是个好孩子，可如今却完全变了。我表现得对外部世界漠不关心，终日只专注于倾听内在的声音，倾听内心流动着的那些隐秘和黑暗，倾听它们的暗潮涌动和低吼咆哮。这半年来我长得特别快，此时已经瘦瘦高高的，一副还未成熟的样子。小男孩的讨喜模样已经从我身上消失不见了，我觉得别人不大可能喜欢如今的我，毕竟连我自己都不喜欢。我常常会想念德米安，有时又会怨恨他。是他让我的生活显得如此贫瘠，这种贫瘠在我看来是种丑陋的疾病。

第四章　梦中情人——贝雅特丽齐

一开始，我在寄宿学校里并不受欢迎，大家既不喜欢我，也不尊重我，还常常戏弄我。后来大概觉得我神秘兮兮的，又古怪得很，他们便纷纷敬而远之了。而我却乐于扮演这个怪胎的角色，甚至有意夸大这种印象，让自己沉浸在这份孤独之中。或许在他人看来，这反而是种男人对于世界的轻蔑。不过背地里，我常常深陷在痛苦和疑惑之中。新学校的课程比我从前的学校进度慢，大部分知识我在家时早已经学过了，正因如此，我渐渐心生傲慢，习惯了将同班同学轻视为小孩子。

就这样过了一年多的时间，假期里我回了几次家，但也甚是无趣，反倒是离家返校更能让我兴奋些。

十一月初的时候，我已经养成了散步的习惯，风雨无阻。我喜欢在散步时沉思，享受一种奇妙的幸福感，那幸福感里包含着忧郁、对世界的轻蔑以及对自我的憎恶。在一个暮霭沉沉的黄昏，我穿过城区来到了公园里。整个林阴大道空无一人，仿佛向我单独发出了邀请。地面上积满了厚厚的落叶，踩上去沙沙作响。空气中是一股潮湿又清苦的味道。远处的树木在雾气的笼罩中影影绰绰，似幽灵般高大幽森。

在林阴路的尽头，我停住了脚步，满心踌躇地注视着漆黑的树丛，用力地呼吸着枯叶朽花的潮湿气味，不禁心生感慨：生命是多么的了无生趣！

此时，旁边的小路上走来一个人，大衣的领子在风中摇曳着。我正要走开，那人却叫了我的名字。

"嘿，辛克莱！"

他朝我走过来，原来是阿尔方斯·拜克（Alfons Beck），我们宿舍里最年长的学生。我并不讨厌他，他除了老爱讽刺别人，时不时摆摆老大哥的架子外，没什么别的毛病。而且他壮得像头熊，连宿舍管理员都怕他三分，是校园里口耳相传的英雄人物。

"你在这里做什么？"他和善地问道，带着一种大孩子屈尊下顾时的特殊口吻，"我打赌你在作诗！"

"别胡扯了。"我一口否定。

他哈哈大笑，一面跟我并肩向前走着，一面闲聊起来，可我却觉得非常不自在。

"你不用担心对牛弹琴，辛克莱，我都懂的。一个人在黄昏的雾中散步，满脑子都是伤春悲秋的想法，此情此景下，一定会诗兴大发，这我非常理解。失去生机的大自然会让人联想到已逝的青春，海因里希·海涅的很多诗就是这个题材的。"

"我可没有那么多愁善感。"我辩解道。

"好啦，换个话题吧！这么个天气，与其在外面闲逛，不如找个安静的地方喝上一杯红酒什么的。你有兴趣一起来吗？我正好也是一个人。也许你不喜欢这些，要是你想当模范生，我可不愿把你带坏了。"

没过多久，我俩就坐在了城郊的一间小酒馆里，一面喝着品质可疑的红酒，一面连连碰杯。起初我并不喜欢这样举杯共饮，但毕竟也是一种全新的体验。因为不胜酒力，不久之后我的话就多了起来，仿佛打开心窗后阳光突然照了进来。我真的太久太久没有跟自己的灵魂对话过了！渐渐地，我开始出现幻觉，其间还热情洋溢地讲了一遍该隐和亚伯的故事！

拜克饶有兴致地倾听着我的讲述，终于有个人能听我说话了！然后他拍了拍我的肩膀，夸我是个鬼才。我的心狂喜难耐，长久以来饱受压抑的倾诉欲得到了满足，来自年长者的认可更让我欢欣雀跃。他说我有才，这话就像甜美的烈酒一样直接淌进了我的灵魂，整个世界都焕发出了全新的色彩。无数思想犹如百泉喷涌，从我的头脑迸发而出。热情的火焰在我的心头熊熊燃烧。我们聊起老师和同学，聊起希腊人和异教徒，把酒言欢，相见恨晚。拜克试图打探我的风流韵事，然而我却毫无谈资可言，因为我的情感经历一片空白。至于我胸中翻涌的、感受的、幻想的、构思的种种，即使在酒精的作用下也没能说出口。关于女孩子们，拜克比我懂得要多，于是我面红耳赤地听他大谈特谈。在他的口中，很多我从前想都不敢想的事，居然都成了稀松平常。拜克差不多有十八岁了，显然已经积累了很多经验。他告诉我，人们总以为女孩子只喜欢听赞美和奉承话，其实这不是真的，女人们远比我们想象的更厉害，也更聪明。比如文具店的雅戈尔特（Jaggelt）太太吧，人人都能跟她交谈一番，但是柜台后面发生的事，就没人知晓了。

我出神地坐在那里，听得入了迷。当然了，我是不可能爱上雅戈尔特太太的，不过拜克所讲的东西确实是我闻所未闻。这是大人们的专属领域，是我做梦都没梦到过的东西。它们听上去缺了那么点意趣，有些流于平庸，不像我想象中的爱情那么盛大。不过这毕竟是现实，是生命，是冒险，而我身边就正坐着一位亲历者，对他来说，这一切都是再平常不过的事。

我们聊的内容愈发隐秘了。此刻我也不再是什么天才小伙伴，而是变成了一个倾听大人讲话的小男孩。即便如此，与我过去几个月的人生相比起来，眼下的时光称得上无比美好，宛如天堂。但除此之外，我也开始渐渐意识到，我们今晚的所作所为都是违规的，从推杯换盏到胡言乱语，一切都是被严格禁止的。而这一切，让我品尝到了魔鬼和反叛的味道。

那晚的种种至今还历历在目。我俩借着昏暗的灯光往回走，夜色湿冷，那是我生平第一次喝醉。醉酒的感觉并不好，难受得很，不过其中还包含着一种快意，一种叛逆和狂乱的甜蜜，醉意包裹着生命和灵魂。我烂醉如泥，拜克只能负责善后，他一面骂我是个不中用的毛头小子，一面把我扶回了宿舍，从门廊一扇开着的窗户把我塞了进去，自己也随即翻了进去。

我睡得很沉，但没睡多久就在痛苦中醒来了，一种无意义的幻灭感袭上心头。我从床上坐起来，身上还搭着白天穿的衬衣，鞋子和衣物散落一地，散发着香烟和呕吐物的味道。就在我头疼、恶心、口渴难耐的时候，一幅久违的画面浮现出来：

那是我的故乡，我的家，我的父母和姐妹，我家的花园，还有我那整洁的卧室，我的旧学校，小城里的广场。我还看见了德米安，看见了我们一同读过的坚信礼课程。一切的一切都闪耀着光芒，无比美好、神圣、纯净。我知道，就在昨天，就在几个小时前，这一切还是属于我的，还在等着我回去。而此刻，这一切都被毁灭了、湮没了，再也不属于我了。它们将我排拒在外，用厌恶的眼神打量着我！我的童年花园原本是最精美、最金光闪闪的所在，我在那里沐浴着父母的爱意与亲昵，享受着母亲的亲吻、圣诞夜的祝福、礼拜日的虔诚与光明，而这一切都被我践踏了，童年花园里的所有花朵都凋零了！如果现在有人来把我捆住，以亵渎上帝的名义送上绞刑台，我一定会束手就擒、认罪伏法，这种判决很公正很合理。

我的内心世界居然是这样的不堪！曾经的我是多么骄傲，和德米安有着精神上和思想上的共鸣，而如今我却四处游荡，无视全世界！曾经的那个我，生活在纯净光明、充满着柔情的花园里，听着巴赫的音乐，读着优美的诗篇。而如今的我，就是个烂醉如泥、肮脏不堪、卑鄙下作的畜生，被癫狂的欲念引诱着沉沦！在恶心和暴怒的同时，我依然听到那个失控的、醉酒的自己，在放肆又野蛮地大笑。这，就是如今的我！

尽管如此，这浩荡的痛苦对于那时的我来说，仍然接近于一种享受。我已经盲目和麻木太久了，我的心也已经沉默地蜷缩了太久。即便眼下的自我谴责和忧虑都是可怕的感受，但依旧比从前的无知无觉要好。它们至少是一种感觉，是一团火，是实实在在的心跳！恍惚之中，我仿佛在愁云惨雾里感受到了一种解脱，看到了一个春天。

从表象上看，我的德行每况愈下。买醉这种事有了第一次，很快就会有第二次、第三次……学校周边有的是小酒馆，我在酗酒的学生中是岁数最小的，但没过多久，我就从一个没人管理的新手，变成了一个带头人，一个有名有号的人物，一位酒馆里的常客。我再一次跌入黑暗的世界，与魔鬼为伍。在这个世界里，我是个大名鼎鼎的人物。

我是痛苦的，我陷入自我毁灭的涡旋。尽管同学们都把我看成个小头目，觉得我是个嬉笑怒骂、自命不凡的厉害角色，可我的灵魂却在饱尝忧愁和恐惧。在一个周日的中午，当我从酒馆里走出来，看到街上几个正在玩耍的孩子时，泪水霎时间盈满了眼眶。他们是如此的明媚清爽，身上穿着周末出游的漂亮衣裳，头发梳得整整齐齐。而我呢，却在廉价酒馆脏兮兮的桌子前借着酒劲胡言乱语，大笑连连，用出格的言辞把大家唬得一愣一愣的，其实在内心之中，我对于自己讥诮的对象始终抱有敬畏之情，我伏在自己灵魂的膝头哭泣，伏在过往、母亲以及上帝的膝头哭泣。

在这帮酒肉朋友的簇拥中，我既孤独又痛苦，所以，我没办法真正成为他们的一员。在这些粗鄙的心灵看来，我是酒馆里的大英雄和演说家，当我对老师、学校、父母和教堂大放厥词时，我的想法和言论都充满了智慧和勇气。当他们讲些下流的段子时，我也能听得进去，有时还会即兴讲上一个。不过等他们真的去找姑娘时，我却从来不会同行，而是一个人待着，沉浸在对爱情的炽热渴望中，那是一种绝望的渴望。尽管我的言辞让我看起来像个色令智昏的狂徒，但事实上没有人比我更脆弱，也没有人比我更羞涩。每当我看到年轻的姑娘从眼前经过时，都会讶异于她们的美丽纯净和明艳动人。她们对我来说过于美妙圣洁，比我好上千百倍，是我没有资格接近的瑰丽梦境。有一阵子，我甚至不再去雅戈尔特太太的文具店了，因为我一看到她，就会想起阿尔方斯·拜克说过的话，然后面红耳赤起来。

在这个新的小团体中，我越是感到孤独和另类，越是难以脱身。我并不真的知道，酗酒和吹牛是否能让我感到快活，我也从没真的习惯宿醉及其一系列尴尬的后果，这一切都像某种强迫症，我之所以深陷其中，是因为我完全不知道如何自处。我害怕长久的孤单，害怕敏感的、羞耻的内心活动，害怕时常涌上心头的对爱的期盼。

我生活里最为缺失的，其实是一个真正的朋友。学校里倒是有两三个同学颇合我的眼缘，可他们都是乖孩子，而我的声名狼藉早就不是什么秘密，他们都刻意躲着我。我在所有人的眼中已经是个无药可救的浪荡子，叛逆堕落的代名词。老师们对我都很熟了，因为我常常受罚，被学校开除似乎是迟早的事。我也知道自己早就不是什么好学生了，不过是在朝不保夕地混日子，长久不了。

上帝创造了很多条道路让我们踽踽独行，让我们回归自我。而我与上帝同行的那条路，却像一场噩梦。越过污秽黏腻的酒桌、破碎的啤酒杯和一个个胡说八道的夜晚，我看到自己像一个着了魔的梦游者，焦躁而痛苦地行走在一条丑陋肮脏的道路上。有时我也会梦见自己正在朝见公主的路上，不料却卡在了恶臭泥泞的巷子里。正是在这种难堪的处境里，我开始变得孤独。在我与童年之间赫然立起了一座上了锁的大门，守门的卫士冷酷无情，这就是我思乡情结的开始，我思念过去的自己。

学校给我的家里寄了警告信，当父亲因此第一次跑到学校找我时，我还是被吓坏了，内心抽搐不已。但同年的冬末，当父亲又一次被警告信叫到学校时，我已经变得死皮赖脸了。任凭他如何责骂、央求、拿母亲来刺激我，甚至最后威胁要把我送进感化院，我都无动于衷。当他动身离开的时候，我为他感到难过，因为他此行毫无效果，与我的沟通也不得其法。有那么一瞬间，我甚至觉得他活该。

那之后的我依然我行我素。在酒肆买醉和喧哗虽然不登大雅之堂，却是我与世界角力的方式，是我向世界独特的抗议，但我也在用这种方式毁灭自己。有时我会想：如果这个世界不需要我这种人，没有更好的位置给我们，没有更重要的使命赋予我们，那我们就该走向灭亡。世界理应失去我们。

那一年的圣诞节过得很不怎么样。母亲见到我时，着实吓了一跳，我又长高了许多，消瘦的脸庞看上去灰白憔悴，皮肉松弛，眼眶红肿。刚刚冒出的胡碴儿和新近戴上的眼镜，让我看上去更加陌生。姐妹们则与我保持着距离，嗤嗤地笑着。一切的一切都让我感到不舒服：父亲把我叫进书房严肃谈话，让我不舒服；节日期间走亲访友，让我不舒服；最让我不舒服的就是平安夜。自我出生以来，平安夜就是家里最重要的日子，是充满了欢庆、感恩与爱意的夜晚，是父母与我之间的情感联结更新升级的时刻。而这一回，一切都变得让人压抑和窘迫。同往年一样，父亲高声诵读着《福音书》中牧羊人在原野上"照料他们的羊群"，而姐妹们也一如往常、神采奕奕地站在摆满礼物的桌子前。只是，父亲的语调听起来有些不悦，脸孔看上去苍老又紧绷，母亲则神情哀伤。至于我，不管什么礼物、祝福、《福音书》，还是圣诞树，一切都让我感到局促不安。姜饼的香甜味道一度唤起了我的美好回忆，而圣诞树的芬芳又提醒我一切美好早已烟消云散。此情此景下，我满心盼望着平安夜早点过去，盼望着假期早点结束。

整个冬天就这么一天天消耗着。没过多久，我就收到了教师委员会的严重警告，如果我再有过错，就做退学处理。我估计自己被开除的这一天不会太远了，嗯，这也是我应得的。

我一直都没再见过马克斯·德米安，心里却对他存了份怨恨。自从我去了寄宿学校之后，先后给他写过两封信，结果都石沉大海，因此假期里我也没去找过他。

我在公园遇到阿尔方斯·拜克的那天是在秋季，转眼已到第二年的初春，荆棘开始冒出了绿芽，在同一个公园里，我注意到了一个姑娘。当时我也是在独自散步，满脑子都是愁苦的思绪和烦恼。我的健康每况愈下，经济状况也陷入危机，我欠了同学们不少钱，不得不捏造出许多必要的开销名目，好从家里骗出钱来。我在几家商店为购买烟酒等而赊的账越积越多，让我债台高筑。相比之下，我宁愿自己落水淹死了，或是被送进了感化院，那么眼下这些烦恼就都成了小事。可惜我无处可逃，不得不直面这些烂摊子，任由它们让我头疼。

我遇到的这个姑娘，从看到她的第一眼起，我就被深深地吸引了。她身材修长，衣着雅致，长着一张带有稚气的聪慧面庞，正是我喜爱的类型。她的年岁应该不比我大多少，但却显得成熟许多，举止端庄而有修养，俨然一位初长成的淑女。她神色中还带有一抹骄矜和孩子气，这一点恰恰令我最为心动。

我以前从没成功接近过心仪的女孩，这一次也照旧。但是，对她的惊鸿一瞥却比以往任何心动都更强烈。坠入爱河的影响力，像暴风一般席卷了我的整个生活。

忽然之间，我的眼前出现了一个崇高而珍贵的形象，我的心中对她溢满了敬畏与崇拜，炽烈程度超过了任何一种需求！我决定叫她贝雅特丽齐。尽管我没读过但丁的作品，可我从一幅英国油画上了解到了贝雅特丽齐的故事，我还收藏了一份这幅画的复制品。这幅画是英国拉斐尔前派的风格，画上的姑娘体态苗条，脸庞窄长，双手和脸庞灵巧聪颖。我爱上的那位美丽的姑娘，虽不与画中人完全相像，却也同样地纤细稚气，一脸的超凡脱俗。

我没能跟我的贝雅特丽齐说上一句话，尽管如此，她对我的影响却极深极强。她成了我眼前展开的画卷，为我打开了通往神圣殿堂的大门，将我变成了庙宇中虔诚的祈祷者。从那天开始，我再也不流连于酒肆了，也再不四处游荡。我又可以安静地独处了，我又开始阅读，又喜欢散步了。

我的突然转变招来了很多讥讽。可是现在的我有了爱慕和崇拜的对象，我的生命重新找到了理想和方向，还拥有了一个个缤纷神秘的黄昏。这一切都让我心思笃定，足以不畏人言。我终于回归了家园，尽管只是作为一个奴隶和仆人，侍奉着一个我珍爱的形象。

每当我想到那段时光，心头都不免涌上一股柔情。那时的我再次打起精神，努力在心中的断壁残垣上重建一个"光明世界"。我一心想要除净身上的黑暗与魔鬼，重回光明，重新匍匐在众神的膝头，除此之外，别无所求。只是这一次，"光明世界"是我自己重新定义的。它不再意味着逃回母亲的庇护之下，无忧无虑地过日子，而是一种崭新的、出于自我要求的奉献，我需要扛起责任，坚持自律。一度令我苦不堪言却无计可施的性冲动，如今转变成了精神上的动力和信念。一切由此而生的阴暗丑陋都成了过去，我不再有辗转难眠的夜，不再有看到淫画时的兴奋，不再趴在墙角偷听男女之事，也不再被欲念支配。我在贝雅特丽齐的形象前设置了圣坛，侍奉她就是侍奉圣灵和诸神。我从黑暗力量那里收回了生命力，奉献给光明，不是为了享乐，而是为了追求纯洁，不是为了幸福，而是为了追求美和智慧。

对贝雅特丽齐的狂热，彻头彻尾地改变了我的生命。昨天的我还是一个早熟的犬儒，玩世不恭，愤世嫉俗；今天的我已经变成了庙宇里的侍者，虔诚事主，立志成为圣徒。我不仅告别了昔日的荒唐做派，还要将纯洁、高尚和尊严注入生活的方方面面，包括一食一饮，以及言谈和穿着。尽管万事开头难，可我还是开始在清晨洗冷水澡。我的言行举止力求端庄持重，穿衣打扮讲究规整体面，走路的时候，我刻意放缓步速，调整步态。在旁人眼里，我或许变得很奇怪，可我自己心里清楚，我是在侍奉神明。

在我为了新的信念而做出的种种努力中，有一件事对我尤为重要，那就是我开始画画了。还记得那幅英国人描绘的贝雅特丽齐吗？我手上有一张复制品。画上的姑娘与我的贝雅特丽齐很相似，但依然不够像，所以我的第一幅画，就是想亲手画出我的贝雅特丽齐。怀揣着全新的喜悦和希望，我在自己刚刚搬进的小房间里置办了画纸、颜料、画笔、调色盘、玻璃杯、瓷碟子和铅笔。从颜料管里挤出的精美色彩让我心情明媚,尤其是铬绿色,它像焰苗一样,我至今还记得第一次把它挤到小小白瓷碟上的情景。

人脸最是难画的,必须循序渐进,所以我想先从别的画起。我画了装饰品、花朵,还有想象出来的风景,画了修道院门前的一棵树、一座罗马风格的桥和桥畔的柏树。有时候,我画着画着就忘记了一切,开心得像个在玩颜料盒的孩子。终于,我开始画我的贝雅特丽齐了。

连续画了好几张,结果全都失败了,画纸只能扔进废纸篓。我在街上一次次地遇到过那个女孩,可我越是努力回想她的脸,画出来的就越不像她。最后,我干脆放弃了,任由直觉和想象力去操控手中的画笔,结果一气呵成,一张梦中情人的脸跃然纸上,无可挑剔。于是我继续用这种方式画下去,画出的面容一张比一张清晰,一张比一张更接近我魂牵梦绕的人,即使并不够写实。

我越来越习惯于这种梦幻式的作画体验,任由画笔自己描绘出线条,任由颜料自己填充上色彩。没有意识的参与,一切浑然天成。终于有一天,我在无意识的状态下画完了一张脸,一张比以往所有作品都更有说服力的脸。但那张脸并不是我心爱的姑娘,其实,我笔下的面容早已偏离了写实的轨道。这张脸虽与现实不同,但却无损它的价值。与其说那是一张少女的脸,倒不如说更像一位少年。头发也不是金色的,而是棕色的，带点红色调。下巴坚毅突出，嘴巴血色饱满，整张脸生硬得好似面具，但令人印象深刻，充满了神秘的生命力。

当我在这幅画前坐下时，突然有了种奇怪的感觉。某种程度上，它像一幅神像，或是圣徒的面具：一半像男人，一半像女人，且没有年龄；既具有无坚不摧的意志力，又如梦幻般浪漫；既坚定传统，又带有罕见的勃勃生机。这张脸似乎要对我说什么，好像它是我的一部分。而且它很像某个人，可到底像谁呢？我一时又说不上来。

一段时间内，这幅画都占据了我的全部思想，成了我生活的一部分。我把它藏在抽屉里，以免被人看到取笑。不过，只要我一个人在宿舍时，就会把它拿出来摩挲。晚上，我会用针把它钉到床上方的壁纸上，端详着它直到入睡。早上醒来，我睁眼看到的第一样东西也是它。

也是在这段时间里，我又开始不断地做梦了，就像我小时候那样。我已经好多年都不曾做过梦了，如今的梦境却已焕然一新，而我画的那幅画也经常出现在梦里。画上的人是鲜活的、能说话的，时而对我友好，时而对我不善。那些梦有时充满愁云惨雾，有时又充满了无尽的美好、和谐与圣洁。

一天早上，我又一次从这样的梦中醒来，突然间意识到了什么。画中的人看起来无比熟悉，仿佛正要叫出我的名字。那张脸看上去像一位母亲，一位生生世世都守护着我的母亲。我的心脏狂跳不已，睁大眼睛盯着这幅画。浓密的棕色头发，带有些许女性化色彩的嘴巴，坚毅的额头闪烁着特别的光彩（那是颜料风干后自然形成的效果）。渐渐地，渐渐地，那种熟悉感越来越强烈，画中人的名字几乎到了嘴边。

我从床上一跃而起，凑近画上的脸仔细辨认：那双绿色的眼睛睁得大大的，专注地凝视着前方，右眼比左眼略高一点。突然之间，那只右眼似乎动了一下，极其轻微，难以觉察。可就是那一下，让我立刻认出了画中人……

我怎么会直到今天才认出这张脸呢！那是德米安！

我记得，在那之后我经常拿那幅画跟德米安本人做对比。虽然有几分相似，但完全不是同一张脸。不过我认定那就是德米安。

初夏的一天，夕阳从西向的窗子照进来，给我的房间镀上了黄昏的红色。我突发奇想地拿过那幅画，画上是我的贝雅特丽齐，或者是德米安。我用针把它别在窗棂上，让太阳的余晖透过画纸。画上的面容立刻蒙眬了起来，可是那泛红的眼眶，额上的光彩，还有鲜艳的红唇，一下子都迸发出了野性，仿佛从纸上跃然而出。我坐在画前长久地凝视，直到天色变暗也没有挪动。慢慢地，我的心里出现了一种感觉：那画上既不是贝雅特丽齐，也不是德米安，那画上的是我自己。那幅画并不像我，也不应该像我。可我感觉自己的生命就是由那幅画构成的，它就是我的内心世界，是我的命运或者心魔。如果我还能找到一位朋友的话，他一定就是这副模样，如果我将会拥有一位爱人的话，她一定也是这般容颜。画是我的生命，也是我的死亡，是我命运的节奏和旋律。

那几个星期里我读了一本书，比之前读过的任何一本书都更令我印象深刻。哪怕把我之后读过的书都算上，也只有尼采的作品能让我同样难忘。那是诺瓦利斯的一本集子，里面都是些书信和格言，很多我都读不懂，可仍被它牢牢吸引。其中有句话我至今记忆犹新，当时还特意用钢笔写到了那幅画上："命运和人格是同义词。"如今我才懂得了这句话的深意。

那个被我叫作贝雅特丽齐的姑娘，还是经常会与我偶遇。只是我已经不会再心旌摇曳了，对她也只剩下一丝淡淡的体悟，一种非常感性的想法：你我之间存在着一种联结，不过不是你本人，而是你的形象。你是我命运的一部分。

我对德米安的思念之情重新强烈起来。几年来我对他的境况一无所知，只在假期里和他匆匆见过一次，可这次相见却也几乎被我从头脑里抹去。当我意识到这种"失忆"是源自羞耻感和虚荣心时，我决定将这段记忆找回来。

一天，我带着一脸酗酒后的倦色，在家乡那座小城里闲逛，轻鄙地看着街上一张张一成不变的脸。正当此时，一个熟悉的人迎面走来，让我的心骤然缩了一下，那是德米安。他的出现一下子让我想起了弗朗茨·克罗默，我希望德米安已经把这件事完全忘掉了！关于那件事，我总归欠他一个解释，这让我浑身不自在。虽然不过是孩子间的一段过节，可终归还是欠他一个解释……

他似乎在等，看我是否会跟他说话。当我故作轻松地招呼他时，他立刻向我伸出了手。没错，正是他特有的握手方式！如此有力、温暖、冷静，像个男子汉！

他仔细地打量了我的脸："你长高了，辛克莱。"而他在我看来倒是完全没变，同从前一样地老成持重，也同从前一样地意气风发。

我们一起散步，聊了许多无关紧要的事情，但没人提起从前。我突然想起自己给他写过两封信，但都没有回音。但愿他把这事也忘干净了吧。愚蠢的信！愚蠢透顶！他倒确实对这事只字未提。

那个时候我还没遇到贝雅特丽齐，更别提那幅画了，当时的我正处在最阴郁的时期。走到城郊的时候，我邀请他去酒馆喝上一杯，他欣然答应了。我老练地点了一壶酒，给我们倒上，碰了碰他的酒杯，按照学生们喝酒的习惯，将第一杯一饮而尽。

"你经常下酒馆，是吗？"他问道。

"对，没错，"我答道，"不然还能干吗呢？酒这东西，越喝就越有趣。"

"你这么认为吗？也许吧。喝酒的确有它的乐趣，比如微醺和迷醉！不过我觉得大多数夜夜笙歌的酒鬼，早就体会不到其中的趣味了。在我看来，泡在酒馆里喝酒实在有点俗气。如果趁着夜色，点亮篝火，好好地开怀畅饮，一醉方休，那才痛快！可是日复一日地贪恋酒精，就算不上真正的乐趣了吧？想想那个把灵魂出卖给魔鬼的浮士德吧，他不就是每晚都伏在酒桌前吗？"

我一边喝酒，一边充满敌意地看着他。

"并非人人都是浮士德。"我斩钉截铁地说道。

他有些吃惊地看着我，旋即大笑起来，依然是一副清新超然的表情。

"好啦，我们何必争吵。不管怎么说，酒鬼的生活远比市井小民的生活有活力得多。我以前读到过一句话，说享乐主义的生活状态是成为一个神秘主义者的最佳准备阶段。很多伟大的圣人，像圣徒奥古斯丁之类的，最初都是流连于声色的享乐主义者。"

我满腹狐疑，却无论如何也不想让他占了上风，于是傲慢地回敬道："变成什么样的人，还是要看个人的特质吧！至于我，坦白地说，完全不想成为先知什么的。"

德米安微微眯起眼睛，若有所思地扫了我一眼。

"亲爱的辛克莱，"他缓缓地说道，"我无意说什么冒犯你的话。你究竟为什么迷上了喝酒，我们两个其实都不清楚。但是你内在的那个声音、构成你生命的那股力量，对此却清楚得很。在你我的内部存在着一股力量，它无所不知、来者不拒，它比我们任何人都更强大。而能知道这一点，对我们来说是个喜讯。我们就聊到这里吧，我得回家了，失陪了。"

我们简短地告了别，我闷闷不乐地坐在原地，喝干了那一整壶的酒。待我起身去付账的时候，才知道德米安已经付过了，这下我心里更不痛快了。

那次的短暂相聚，而今重新填满了我的思绪，我满心都是德米安。他在城郊酒馆里说的那番话，也重新浮上了心头，而且异常鲜活完整："在你我的内部存在着一股力量，它无所不知、来者不拒，它比我们任何人都更强大。而能知道这一点，对我们来说是个喜讯。"

我的目光重新落到钉在窗棂的那幅画上，尽管夕阳西沉，早已没了余晖，可画上的那双眼睛分明仍在闪烁。那是德米安的眼睛，又或者，那双眼睛属于我内在的那股力量，那股无所不知的力量。

我是多么想念德米安啊！可我早已失去了他的消息，也无处寻觅。中学毕业后，他们一家就搬离了我们的小城，我只知道他可能正在某个地方读大学。

我在脑海中努力搜寻着关于德米安的一切记忆，一直追溯到跟克罗默的过节。他曾经对我讲过的话犹在耳边，直到今天仍然很有意义。包括我们最后那次不太愉快的小聚，他当时曾说过浪荡子会变成圣徒，这个片段突然击中了我。我的生活轨迹不就恰好印证了他的话吗？我曾醉生梦死，活在污秽之中，直到一股崭新的生命力将我内在的另一面唤醒，我才开始追求纯洁和神圣。

　　就这样，我坐在窗前一路回忆下去。夜色早已深沉，外面还下着雨。一段雨中的记忆也因此浮上心头：在湿答答的栗子树下，德米安问起我和弗朗茨·克罗默的事情，他是第一个知道了这个秘密的人。还有放学路上的对话，坚信礼课上的时光，往事历历在目。我们第一次打交道是什么时候呢？聊了些什么？我一时想不起来，只好给自己更多时间，沉到回忆的最深处。是啦，那是在我家门前。他在回家的路上跟我讲了该隐的事，后来，又提到了我家大门上方的古老徽章，那徽章刻在一块上宽下窄的梯形石头上。他说他对那徽章很感兴趣，还说这些东西很值得我们好好关注。

　　那天夜里，我就梦到了德米安，还有那枚徽章。德米安把徽章托在手上，可是它却变化多端，时而体积小巧，颜色发灰，时而无比巨大，流光溢彩。德米安却对我解释说，徽章还是那个徽章，一直都没有变过。最后，德米安强迫我把徽章吃掉。我刚吞了下去，就惊住了：徽章上的那只鸟活了，在我体内开始啄食我的内脏。我在死亡的恐惧感中倏地坐起了身，醒了过来。

　　夜色正浓，而我睡意全无。外面的雨声很大，我起身去关窗户。途中踩到了地上的什么浅色的东西，第二天早上我才看清，我踩到的正是那幅画。它落在地上的积水处，颜色已经有些晕开了。我连忙将它捡起来，夹进了一本厚书里。几天后再查看时,那幅画终于恢复了干燥,只是画上的内容却变了模样,血红的嘴唇有些褪色了,唇形也变窄了。现在看起来,倒完完全全就是德米安的嘴了。

我又开始着手画那枚鸟型的徽章。只是徽章的具体模样,我怎么也记不真切了。而且因为那东西实在有些年月了,还多次被粉刷过,上面覆盖了好多层涂料,所以徽章上的很多细节,即使我能靠近了去端详,也无法分辨清楚。徽章上的那只鸟站在……或者坐在什么东西上?好像是一朵花,或是一个筐子,要不然就是一个鸟巢,或者一个树冠。我不想为了这些细节徒伤脑筋,索性直接从能记得起的地方画起。出于一种说不清道不明的心理需求,我一落笔就用了鲜明的颜色。鸟的头部是金黄色,其余的部分也是即兴画就。几天之后,整幅画终于完工了。

画上是一只真正的猛禽,头部是目光锐利的鹞鹰,半个身子掩在一个黑暗的球体中,似乎在拼命挣脱巨型的蛋壳。画的背景是天蓝色。而我看得越久,就越觉得画上的徽章像是我梦中流光溢彩的那一个。

我绝不可能再给德米安写信了,即使知道他的地址,也绝不会写了。可是我却鬼使神差地决定,要把这幅鹞鹰的画寄给他,至于他能不能收到,都不重要了。我小心翼翼地把画的边缘裁齐,上面没写任何词句,甚至连我的名字都没留。我买了一个大号的纸信封把画封好,写上了德米安从前的地址,然后寄了出去。

恰好有一门课程快要考试了，我不得不收回大部分的精力投入到课业上。自从我洗心革面之后，老师们也重新接纳了我，虽然我暂且算不上好学生，可至少和半年前那个濒临开除的我判若两人。

父亲写给我的家书也恢复了从前的语气，没有了责备和威胁。不过，我并不想向父亲或其他什么人解释我迷途知返的过程。我的转变只是恰好符合了父母和师长对我的期望，但这种转变并没让我就此成为他们中的一分子，也没有让我更加亲近他们。恰恰相反，这种转变令我更加孤独了，冥冥中将我引向某个方向，引向德米安，引向深远的命运。但我自己也不知道究竟将去何方，因为我正身在其中。我的转变始于那个被我唤作贝雅特丽齐的姑娘，可是一段时间以后，我就陷入每天与画为伍，并回忆德米安的虚幻世界，从我眼中到心中，那位姑娘都被忘了个干干净净。而关于我的梦、我的期待和我的内在转变，我没有任何人可以倾诉。即使我想找个听众，也无法向任何人吐露只言片语。

而我的倾诉，又从何而来呢？

雏鸟挣脱蛋壳

Demian: die geschichte von emil sinclairs jugend

第五章

我将那张梦中之鸟的画寄了出去，借此找寻我的老朋友。可谁曾料到，回信却以一种最为奇特的方式到了我的手上。

课间的时候，我坐在教室里休息，一张夹在书里的纸条突然出现在视线中。那纸条折得跟大家平时的传话条子一样，可我最近并没跟谁递过纸条啊，或许是什么游戏活动的邀请函吧，只是我向来不参与这些事情。我觉得自己不必读它，但等到上课的时候，那纸条还是被我忍不住抽了出来。

原本我只是因为百无聊赖，所以拿起那纸条在手里揉搓。可无意间，我瞥到里面写了几行字，其中的一个单词更是瞬间让我目瞪口呆，整颗心在寒冷刺骨的宿命感中缩成了一团：

那只鸟在奋力挣脱出壳。那蛋壳就是一个世界，谁想要获得新生，就必须摧毁旧的世界。那只鸟会飞向上帝，上帝的名字叫作阿布拉克萨斯（Abraxas）。

我把这几行字翻来覆去读了好几遍，然后陷入沉思。毫无疑问，这肯定是德米安的回信，除了我跟他之外，没人知道那只鸟。他收到了我的画，看懂了我的画，而且帮我解读了它。可是，这解读又是什么意思呢？最最困扰我的一点就是，阿布拉克萨斯是什么？我从来没读到过这个名字，也没听过这个词。"上帝的名字叫作阿布拉克萨斯！"

时间一分一秒地过去，我的心思已经完全不在听课上面了。就这么上完了一节课,迎来了下一节的开始。那是上午的最后一堂课,授课的是一位年轻的助教——弗伦(Follen)博士。他刚刚大学毕业就来了我们这里,大家都很喜欢他,因为他年纪很小,在我们面前完全不摆架子。

弗伦博士带着我们品读希罗多德(Herdot)的作品。这门课原本是为数不多的让我感兴趣的科目之一,可在那堂课上,我完全魂不守舍,只是机械地翻开书,心思却完全沉浸在自己的思考里,并没有跟着文字进行。而且,我的经验已经反复证实过德米安在坚信礼课上对我说过的话:"只要一个人将全部精力和意志力都集中在某件事上,就一定能做成。"但凡我在上课时全身心地专注在自己的思考上,老师就绝不会打扰我,相反,如果我走神或者打瞌睡,老师就会突然出现在我眼前。总而言之,只要一个人在真正地思考,真正地潜下心去,他就会被保护起来。还有德米安关于对视的那番话,我也试验过,同样所言不虚。之前跟德米安在一起的时候,我没有过切身体会,如今我才经常感悟到,原来眼神和意念具有那么大的能量。

于是,我就那样出神地坐着,离希罗多德和其他同学都很遥远。忽然间,老师的声音像闪电一样击中了我,我被惊得回过了神。他就站在我的身边,他的嗓音就在耳畔,我以为他刚才叫了我的名字,可他却并没有看向我。我长长地松了一口气。

正当此时,他的声音又一次引起了我的注意。他洪亮地念出了一个词——"阿布拉克萨斯"。

我在沉思时显然错过了关于这个词的上半截解释,只好屏气凝神地听他继续说下去:"看待古时候的宗教派别和神秘主义团体时,我们不能过于天真,以为他们的观念是立足于理性观察的。事实上,我们现代意义上的科学,在古时候还完全没有成形。因此那个时候的真理,往往披着哲学和神秘主义的外衣,而且发展到了很高的程度。从这种形式的真理中,时常衍生出一些巫术和戏法,继而发展成欺世盗名的诈术。不过有些巫术的源头却是高尚的、深刻的思想,比如我刚才提到的阿布拉克萨斯学说,就是一个很好的例子。阿布拉克萨斯原本跟希腊咒语有关,后来人们渐渐误以为这是个恶魔的名字,直到如今,还有一些原始部落把阿布拉克萨斯解释为恶魔。不过这个词的含义应该远不止如此,我们还可以把它理解为一位神明,他在传说中的职责,就是将神圣与邪恶合为一体。"

之后,这位身材矮小却博学多才的先生继续讲授课程,娓娓动听又充满热忱。可惜没有什么人再专心聆听了,而且因为他不再提及"阿布拉克萨斯",连我的注意力也重新回到了自己的心事上。

"将神圣与邪恶合为一体。"这句话在我的脑中久久地回响。这是一句极为重要的话,从前我与德米安的许多对话,都是围绕着这个主题展开的。当时德米安说,我们有一位接受供奉的上帝，可是这位上帝只能代表一半的世界，即公认的、被许可的"光明"世界，而我们应该供奉一个完整的世界。也就是说，要么上帝之中须得包含魔鬼，要么我们在供奉上帝的同时，也必须礼敬魔鬼。直到此刻我才知道，这位既是上帝又是魔鬼的神明，名叫阿布拉克萨斯。

那段时间，我热切地寻找着有关阿布拉克萨斯的其他信息，然而一无所获。我甚至翻遍了图书馆里与之相关的书籍，结果也是徒劳无功。这种搜索的确不是我的长项，我找来找去，无非都是拾人牙慧。

那个一度占据了我整个身心的贝雅特丽齐，渐渐从我的生活中隐去。更准确地说，是她慢慢地离开了我，缓步向着大地尽头走去，只留下一个长长的、遥远的、苍白的背影。她已经不再能滋养我的灵魂了。

我活在属于自己的、遗世独立的小天地里，在这里我活得像个梦游者。而现在，小天地里焕发出崭新的面貌。对生活的热切渴望正在我的心中绽放，随之绽放的还有我对爱情的期盼，以及对性的追求。这些曾被贝雅特丽齐暂时消解的欲望，此刻重新燃烧了起来，寻找着新的意象和目标。这些没有得到满足的内心诉求，已经无法靠自欺欺人压制下去了。同学们纷纷去女孩那里献殷勤，而我却对此不抱指望。我开始更投入地做梦，白日梦比夜梦还多，种种想象、画面和愿望在我的心中日积月累，让我远远地脱离了外部世界。我开始沉溺于心中的景象、梦里的画面或者投影，活在虚幻世界里的时间，远多于活在现实之中。

其中的一个梦境，或者说是一个幻境，总是反反复复地出现，对我造成了极大的影响，成了我一生之中最为重要和意义深远的梦。梦境大概是这样的：我回到父母家省亲，家门上方徽章里的鸟闪烁着金黄色的光芒，背景是天蓝色。母亲从屋里迎出来，可当我跨进院子想要拥抱母亲时，母亲却突然变了模样，成了一个我从没见过的人——十分高大强壮，既有些像德米安，又有些像我画的那幅画，但又与这两者不尽相同。尽管这个人威严有力，却显露出彻头彻尾的女性美，立刻就迷住了我。她将我深深地拥入怀中，那是一个战栗的、饱含深情的拥抱。我的心头同时升腾起喜乐与恐惧，那拥抱既是一种朝圣，又是一桩罪恶。在那个拥住我的人身上，杂糅着太多关于母亲、关于德米安的回忆。那个拥抱打破了所有的敬畏之心，让我体验到了纯粹的欢喜。有时，我会带着深深的喜悦感从这梦中醒来，有时，我却因为致命的恐惧感和备受折磨的负罪感，从梦中惊醒。

来自外部世界的、让我寻找上帝的暗示，和来自内心世界的、反复上演的梦境，逐渐在不知不觉间交叠起来，且二者的关联越来越紧密。我开始觉得，自己正在这个梦境中呼唤着阿布拉克萨斯。喜乐与恐惧、男性与女性、神圣与丑恶，全都你中有我，我中有你。最不可饶恕的罪孽，在最一尘不染的无辜中抽搐着，这就是我关于爱情的梦境，这也是我所认为的阿布拉克萨斯。爱情之于我，不再是我最初感受到的、动物性的黑暗冲动，也不再是我后来因为那幅画而升起的虔诚之心，爱情变成了以上两者兼而有之，且远不止于此。爱是天使，也是撒旦，是男性与女性集于一身，是人性与兽性合为一体，是至高无上的善，也是无以复加的恶。去品尝和体验爱情，似乎是我无从逃避的宿命，我是如此地渴望着又惧怕着爱。爱令我魂牵梦绕，又使我四处奔逃，无论如何，爱始终就在那里，始终高悬在我的头顶。

明年初，我就要从中学毕业去读大学了，可我至今还不知道要去哪里读、读什么。我的唇周冒出了稀疏的胡碴儿，我已经是个大人了，可依旧彷徨迷茫，没有目标。对我来说，只有一样事情是确定的，就是我内心的那个声音，那个不断出现的梦境。我把追寻这个梦境的引导，视为自己不容置疑的使命。可是这个使命异常艰难，每天都重重地压在我的肩头。我有时也会怀疑自己是不是疯了，是不是跟正常人不一样？可是别人能做的事，我也全能做到，只要稍加努力，我也能读懂柏拉图，能解开三角函数，能计算化学习题。但只有一件事，我却做不到，那就是找出隐藏在自己内部的人生目标，并把它清清楚楚地描绘出来。而其他人似乎都清楚地知道自己想要做什么：教授或是法官，医生或是艺术家。他们知道实现目标需要多久，也了解目标能给他们带来哪些好处，可是这些我都做不到。也许有朝一日，我也能变得跟他们一样吧，谁知道呢。或者，我可能会一直寻找下去，年复一年，毫无成果，寻不到任何目标。又或者，当我终于寻到了一个目标，却发现那目标是邪恶的、危险的、可怕的。

我只想活出真实的自我，可为什么如此艰难？

我经常试着画出梦中那个强大有力的情人形象，可是一次也没有成功。如果真的画成了，我肯定早就寄给德米安了。但他身在何方？我并不知道。我只知道他与我之间存在着一种联结，我们何时能重逢呢？

因为对贝雅特丽齐的崇拜，我曾获得过几个月的安宁，仿佛登陆了一座小岛，找回了内心的平静。可惜这份平静没能成为常态，不久就被我的爱情梦境击得粉碎，我重又变得盲目而焦躁。去埋怨梦境是于事无补的，现在的我活在烈焰之中，那是熊熊燃烧的不满欲求和紧张期待，它们常令我发疯、让我癫狂。梦中的那个情人形象，常常无比清晰地出现在我眼前，甚至比我的双手还要真切。我跟它说话，对着它哭泣，咒它骂它。有时我称它为母亲，含泪跪在它的面前；有时我唤它作情人，感受它那成熟的、无尽甜蜜的吻。我还把它叫作魔鬼、娼妓、吸血鬼、杀人凶手。它引诱我进入梦中的温柔乡，迷惑我丢下最基本的羞耻心，它是这世上最好最珍贵的东西，也是这人间最坏最卑贱的事物。

那年的整个冬天，我都活在一场难以名状的内心风暴里。

第五章　雏鸟挣脱蛋壳

当时的我早已习惯了孤独，所以孤独的滋味已经不会给我造成压力，更何况德米安与我同在，还有那只鹞鹰，以及我梦中的身影——我的宿命和情人。拥有它们足以支撑我在孤独中安居了，他们全都能拓展我的见识和视野，全都指向阿布拉克萨斯。可是，没有一个梦听命于我，没有一个念头任我调度，我无权按照自己的心意给它们着色。它们来去自由，支配着我，我完全是在为它们而活。

我与外部世界打交道时，已经拥有了充足的安全感。我不畏惧任何人，我的同学们都很清楚这一点，所以总在暗暗对我表达敬意，对此我常一笑了之。如果我愿意的话，可以很准确地看穿他们大多数人，并借机唬住他们，不过我对此没什么兴趣，甚至可以说毫无兴趣。我的内心总是被自己的问题占据着，我无比渴望能够真正地活一次，用自身之内的养分向这个世界贡献些什么，与这个世界建立真正的关系，或进行真正的斗争。有些时候，我会躁动不安地在街上游荡，直到午夜也不肯回家。我总觉得在下一个街角就会遇到我心爱的姑娘，总觉得我的爱人会从下一个窗口探出身子，唤我的名字。有时这些念头会变得痛苦难耐，令我恨不得一死了之。

也是在这个关口，我通过一个"偶然"的机会找到了一处不寻常的避难所。人们总说它是个"偶然"，其实我心里知道，这种"偶然"根本不存在的。当一个人急需某样必要的东西时，那就不再有什么偶然了，而是那人的强烈需求和意愿带他找到了那样东西。

在我穿城而过的时候,有那么两三次吧,曾听到城郊的小教堂里传出了风琴声,不过我都没有驻足。后来有一次,当我又从那座教堂门口经过时,风琴声再次响起,演奏的还是巴赫的曲子。这一次,我向教堂的大门走过去,却发现门已经锁了。那条巷子里几乎没人,于是我干脆坐到了教堂旁边的路沿上,把大衣的领子竖起来挡风,侧耳欣赏起了音乐。那台风琴体积不大,音色却很好。乐师演奏得极为精妙,几乎堪称大师,并且,表现形式带有独特的、极为强烈的个人风格,从中听得出乐师有着倔强的意志,整首曲子像是在虔诚地祈祷。我有种感觉:那位演奏者一定了解到了曲中的精髓,所以他才不遗余力地塑造它、呈现它,犹如不遗余力地对待自己的人生。虽然我的乐理知识有限,可是我从小就有很好的乐感,我的直觉常常指引我直接领会到音乐的灵魂。

在那之后,乐师又演奏了一首现代曲子,那应该是雷格尔(Reger)的作品。此时的教堂几乎陷入了黑暗,只有我旁边的一扇窗子还透进去些许的微光。我一直等到演奏结束,然后起身在原地徘徊,直到乐师从教堂里出来。他年纪尚轻,似乎比我大几岁,个头不高,身材魁梧。他走得很快,步伐既充满力量,又带着些依依不舍。

从那之后,我时常在晚上坐在教堂前,或者在门外来回走动。有一回,我看到教堂的门是开着的,就进去坐了半个钟头。尽管冻得瑟瑟发抖，可听着乐师在上面奏出的乐章，心里还是充满了喜悦。从他的音乐中，我不仅听得出他的性格，还能听出一种贯穿所有乐章的底色。所有音符，都传达着忘我和虔诚的信念，那种虔诚不是做礼拜的信众和牧师所怀有的心情，而是中古时期朝圣者和托钵僧所抱持的情怀。那种虔诚，意味着向世界无条件地奉献一切，它超越了所有形式的表白。就这样，巴赫的作品被流畅地演奏着，古意大利人的作品也是如此，所有曲目都在传达着同一个信息，一个来自乐师灵魂的信息，那是对世界的无比渴望——渴望最亲密的接触和最疯狂的退缩；他用火焰般的热忱倾听自己幽暗的灵魂；还有对奉献自我的陶醉，对缤纷世界的强烈好奇……

有一次，我在风琴师离开教堂后，偷偷跟着他来到城郊，看他走进了一家小酒馆。我忍不住跟了进去，在酒馆的灯光下，我头一回看清了他的样子。他坐在一个角落里，头上戴着一顶黑色的毡帽，桌上摆着一壶酒。他的脸正如我想象的那样粗犷，略有点丑，却透着股一根筋的执拗和坚毅，仿佛苦苦求索着什么。他嘴巴周围的线条是温和而天真的，所有阳刚的特征都集中在眼睛和额头，下半张脸却是稚气未脱的温柔和不羁，甚至还有些许的女性化。那个少年般优柔寡断的下巴，仿佛是对额头和眼神的反叛，最让我喜欢的是他那深棕色的眼睛，充满了骄傲和戒备。

我一言不发地坐到他对面，整个酒馆里就只有我们两个客人。他打量着我,似乎并不欢迎我的接近。我毫不闪躲地直视他的眼睛,他显然被激怒了:"您瞪着我干吗?请问有何贵干?"

"别误会,"我答道,"我只是经常去听您的演奏。"

他皱起了眉头:"这么说,您是个音乐爱好者?在我看来,痴迷音乐是件很恶心的事。"

我没有被他的话吓住。

"我经常坐在教堂外面听您演奏,"我继续说道,"我无意打扰您,只是觉得会在您那里找到些特别的东西,虽然我也说不清是什么东西。嗨,您其实不用听我胡言乱语的!我还想继续去教堂欣赏您的演奏。"

"教堂?可我演奏时都会锁门的。"

"您最近总是忘了锁,所以我就坐进去听了您的音乐。从前我要么站在门外,要么坐在路沿上。"

"您下次再来的时候,可以进来听,里面暖和。不过您得敲门,使劲敲,当然了,得在我演奏间隙的时候敲。言归正传,您到底想说什么?您年纪这么轻,可能是个中学生或者大学生,您也是做音乐的吗?"

"我不是乐师,只是喜欢听音乐而已。而且我只喜欢听您演奏的那种音乐,那种毫不做作的音乐。在这种赤诚的音乐里,我能感觉到一个人在天堂和地狱间战栗。我之所以热爱这类音乐,是因为它们不讲什么大道理,其他音乐都在颂扬道德,所以我一直都在寻找一些别样的音乐,一些不那么道貌岸然的音乐,我受够了无穷无尽的道德说教。我不太擅长表达,可我以前听过一个说法,说这世上一定存在一位神明,他既是上帝又是魔鬼,您了解这位神明吗?"

乐师把他的宽檐帽往后推了推,又甩了甩遮在额前的深色头发,然后目光炯炯地看向我,身子越过桌子,把脸凑近了些。

"您刚才说的那位神明叫什么?"他压低了声音,语气却饱含期待。

"我对这位神明几乎一无所知,只知道他叫阿布拉克萨斯。"

乐师小心翼翼地环顾了一下四周,好像怕人偷听到似的,然后他又把身子探得更近了些,轻声说道:"果然如我所料。您到底是谁?"

"我是文理中学的学生。"

"那您是怎么知道阿布拉克萨斯的?"

"纯属偶然。"

他猛地一拍桌子,酒都从玻璃杯里震了出来。

"偶然?!别扯了,年轻人!记住了,认识阿布拉克萨斯绝不会出于'偶然'。我对阿布拉克萨斯有些了解,我可以向您多讲一些关于他的事情。"

他沉默了片刻,把椅子往后撤了撤。我无比期待地看着他,而他向我做了个鬼脸。

"当然不是在这里！改天再说。接着！"

他从大衣口袋里掏出了几个炒栗子，抛给了我。

我不再多问，只接过栗子，心满意足地坐着。

"对了！"片刻之后，他又小声问道，"您到底是从哪里听说他的？"

我毫不迟疑地跟他讲起了前因后果。

"我曾经非常孤单迷茫，"我从头讲起，"在那段时间，我想起了早年间的一位朋友，他在我心目中是博闻强识、很有思想的一个人。于是我画了一幅画，画上是一只奋力挣脱蛋壳的鸟，我把画寄给了这位朋友。一段时间之后，我都已经忘了这件事了，可一张回信的字条突然就到了我的手上，上面写着：'那只鸟在奋力挣脱出壳。那蛋壳就是一个世界。谁想要获得新生，就必须摧毁旧的世界。那只鸟会飞向上帝，上帝的名字叫作阿布拉克萨斯。'"

他听后一言不发，我们继续安静地坐着，一边剥栗子，一边喝酒。

"要不要再来一壶酒？"他问道。

"谢了，但不用了。我不爱喝酒。"

他笑了，看上去有些失望。

"您随意吧！不过我还要再待一会儿，您要是不喝酒，那就再会吧！"他说道。

不久之后，我又去教堂找他。演奏结束后，我们并肩走

第五章　雏鸟挣脱蛋壳

着,一路上他的话都不多。他带着我穿过一条小巷,走进一幢古老庄严的房子,来到一间宽敞昏暗的房间里。房间看上去疏于打理,一个大书橱和一张大书桌,让整个屋子多了份书卷气,但除了一台钢琴之外,没有其他跟音乐相关的东西。

"您的书真多啊!"我赞叹道。

"一部分是我父亲的藏书。没错,年轻人,我还跟父母住在一起。不过我不能把您介绍给他们,我的朋友在这个家里是不受欢迎的,因为我是个不肖子。我的父亲是个有头有脸的人物,是城里德高望重的牧师和传教士。而我呢,身为他'有天赋、有前途'的儿子,却活得又堕落又癫狂。我曾经是个神学研究者,可就在国家考试前夕,我从神学院辍了学。尽管如此,我私下里仍然非常关注这个学科。人类会给自己创造出什么样的神明来,这是我一直都非常感兴趣的话题,我认为它非常有意义。除此之外,我现在是个乐师,不出意外的话,很快就会谋到个风琴手的小差事,所以现在我又回到了教堂。"

借着台灯的微弱光线,我浏览着藏书的书脊,从书名看来,这里有希腊语的书、拉丁语的书,还有希伯来文的书。这时候,风琴手已经在墙边的暗处找了个地方,匍匐下来。

"您也过来吧,"半晌之后他说道,"我们现在做一个哲学的修习:不讲话,匍匐在地上,专心思考。"

他擦亮一根火柴丢进壁炉里,点燃了里面的纸和木柴。火苗越蹿越高,他拨动了几下,把火架好,然后在壁炉边再次匍匐下来。我在他身边的旧地毯上找了块地方，也伏下身来。他怔怔地注视着火焰，我也被火苗牢牢吸引着。我们就这样看着火光明灭，看着烧红的木柴，看着火势熊熊、噼啪作响，看着柴火烧断、烧黑、火势渐熄，又挣扎了片刻之后，终究化为一片灰烬。整整一个小时，我们沉默不语，在观察中陷入了沉思。

"拜火算不上人类发明的最蠢的事。"他喃喃自语道。除此之外，我俩再没说过一句话。我目不转睛地看着那火焰，陷入寂静和幻梦之中。我在烟雾中看到人像，在灰烬中看到画面。风琴师往壁炉里丢了块树脂，猛地蹿起了一条细长的火苗，吓了我一跳。突然，在火苗里我看到了那只鸟，它的头部是黄色的鹞鹰。壁炉里的余烬变成了金色丝线织成的网，我在那张网上看到了字母和图案，我旋即又回忆起了一些面孔、动物、花草、虫蛇。待我从沉思中醒来，看向身边的同伴时，只见他双拳托着下巴，忘我又狂热地凝视着灰烬。

"我得回去了。"我轻声说道。

"好的，那就再会了！"

他没有起身送我，加上灯火都已经灭了，我只好尽力摸索着走出黑暗的房间，穿过黑暗的走道和楼梯，艰难地走出了这座迷宫一般的老房子。离开之前，我又回头看了一眼：所有窗子都漆黑一片，大门上有块铜制的小牌匾在路灯的照射下泛着光。

"皮斯托利乌斯（Pistorius），首席牧师。"我读着匾上的字。

直到我回了家，吃过了晚饭，一个人坐在自己的小房间里时，我才意识到今天既没能从风琴师那里对阿布拉卡萨斯有更深的了解，也没深谈过什么其他的话题，我们的交谈一共也没超过十个词，可奇怪的是，我却对这次拜访非常满意。而且他还许诺，下次给我演奏一首古老且经典的风琴曲——布克斯泰胡德（Buxtehude）的帕萨卡丽亚舞曲。

风琴师皮斯托利乌斯给我上的第一堂课，就这样在壁炉前润物无声地完成了。对火焰的注视给了我很大的帮助。长久以来，我的心中一直对某些事物怀有热情，可这些热情从未被珍视过，直到这次观火沉思，让它们得到了印证并加强，我才渐渐开始理解它们。

我在很小的时候，就痴迷于大自然的奇妙景观，我不是观察它们，而是放任自己慑服于大自然本身的魔力和绮丽深邃的语言。蜿蜒坚硬的老树根、岩石上的彩色纹路、漂浮在水面上的片片油斑、玻璃杯折射的光线……所有这些，都令年幼的我着迷不已，尤其是水与火、烟与云，乃至空气里的尘埃；还有我闭上眼睛就会看到的彩色光斑，飞舞成涡旋，最是让我喜欢。那次拜访后，我注意到自己产生的一些变化：我更开心了，更坚韧了，自我感也更加提升了。而这也让我得以重新记起了那些快乐的点滴，这一切都要归功于那次对火焰的长久凝视。那的确是一次令人满足和喜悦的体验！

至今为止，我在追寻人生目标的路上积累的经验有限，格物致知就是其中之一。当我们观察大自然那无法用理智解释的奇异形态时，会有种心有灵犀的感觉，那感觉中包含着一种创作欲，渴望根据心情和灵感来塑造眼前的景观。我们与大自然之间的界限就此溶解，开始真正去体会这份意境。此时，我们已经难以分辨此情此景究竟是来自视网膜，还是我们的内心。从来没有一种修习能让我们如此简单地发现自己惊人的创造力，还能意识到自己对世界的参与度如此之高。更准确地说，在大自然之中，以及在你我之中，存在着一个共同的神。如果这个外在的世界有天毁于一旦，那么我们之中的任何一个人，都有能力将它重建起来。河流山川，一草一木，根茎花朵，大自然中的一切早就存在于我们的自性之中，我们的灵魂正是万物的起源。灵魂是永生不灭的，我们对灵魂的本质尚不了解，但我们至少能够感觉到，灵魂就是爱的能力和创造力。

多年以后，我的感悟在达·芬奇的一本书里找到了印证。他在书中写道："观察一堵被众人吐过痰的墙实在太有启发性了。"他从墙上的每一块污渍里所得到的感悟，正如我与皮斯托利乌斯在火前所获得的一样。

重聚的时候，皮斯托利乌斯将他的观点向我娓娓道来。

"我们把人性定义得过于狭隘了。我们总是以人们身上与众不同的特质，或者离经叛道的特点，来界定对方，可其实我们每个人都是由整个世界组成的。我们的身体囊括了整个世界的进化历程，其历史可以追溯到海洋生物时期，甚至更早。人类灵魂中曾经存在过的一切，依然存在于如今的灵魂之中。世上存在过一切鬼神，不管是希腊的、中国的，还是祖鲁的，全都存在于你我之中。它们存在的形式是多种多样的，要么作为一种猜想，要么作为一种愿景，要么作为一种出路……如果人类遭受浩劫，只幸存下来一个资质平平的、不爱上学的小孩子，他依旧会把一切事物复原。所有神明、魔鬼、天堂、戒律、禁忌，还有《旧约》和《新约》，所有的一切，他都会重新创造出来。"

"听起来是不错，"我回应道，"但既然如此，个体的存在还有什么价值呢？如果一切已经存在于我们的自性之中，我们为什么还要奋斗？"

"住口！"皮斯托利乌斯突然喝道，"每个人自身之中，的确都包含着整个世界，但是否能认识到这一点，才是人与人之间的巨大区别。一个疯子也可能提出与柏拉图相似的观点，一个虔诚的神学院小学生也可能会创造性地思考神话故事里的因缘，且思考的深度不亚于古时的诺斯替教派，或是波斯国教的鼻祖琐罗亚斯德。可那又如何呢？他们对此毫无觉察！只要他们是无察觉的，他们就只是一棵树或者一块石头，最多是一只动物罢了。可一旦启蒙的种子发了芽，他们就会变成人。难道您认为，所有在街上用两条腿行走的生物都是人吗？只因为他们直立行走，经历过十月怀胎？别自欺欺人了，您也看到了，他们之中有多少其实是鱼是羊,是虫豸,是蜂蚁!不过他们每一个都拥有成为人的可能性,但他们必须先认识到这种可能性的存在,或至少通过学习了解到这种可能性,只有这样,这种可能性才会真正被激活。"

我们的对话,大致都以这种形式展开,虽然没有什么石破天惊的新奇信息,但每一句话,哪怕最平淡无奇的一句话,都锤击着我,促使我成长,帮助我蜕变,协助我击碎了蛋壳,将头探得越来越高,越来越自由,直到我那美丽的、黄色的鹞鹰从旧世界的蛋壳里一跃而出。

我们也经常聊起各自的梦境,皮斯托利乌斯很会解梦,说到他的这个本事,有个绝好的例子让我念念不忘。我做过一个关于飞翔的梦,梦里的我好像被某种力量推着送到了天上,对此我毫无控制力。飞翔的感觉起初还令我兴奋,可当我不由自主地越飞越高时,我很快就怕了。正当此时,我发现了掌控自己的秘诀,原来可以通过屏吸和呼气来调节自己的升降。

皮斯托利乌斯解释道:"那股让你飞翔的力量是我们人类的共同财富,人人都能享有。那是一种与力量之源相联结的感觉,可这感觉很快又会吓到我们!这实在是危险极了!正是出于这种恐惧,大部分人干脆放弃了飞翔,老老实实地做个遵纪守法的好公民。但您不是这样的人,您是个有力量的年轻人,您选择了继续飞翔,继而发现了飞翔的美妙之处,成为可以掌控飞行的大师。在推您上天的那股巨大力量之外,又有一股细微的、属于自我的力量作用到了您身上，那是一个器官，一个方向盘！这是多么奇妙啊，没有这股新的力量，您就会像个疯子一样身不由己地被抛向空中。一个疯子其实会比所谓常人得到更深奥的启迪，可惜他们不得要领，也无力掌控，只能径直坠向深渊。但是您不同，辛克莱，您做到了！而且，您似乎还不知道吧，您在梦中调用了一种新的器官，一种呼吸调节器官，这就可以看出您的灵魂深处其实有多么的不'人性'了，因为那个器官不是您自己发明的！那不是个新的器官！它已经存在了几千年，只是被您借用了。它本身就是鱼的身体平衡器官，又称鱼鳔。事实上，在少数几种鱼的身上，鱼鳔直到如今还充当着一部分肺的功能，在紧急情况下会用来呼吸。这种器官与您在梦中所用到的飞行助力，可以说是不差分毫。"

他甚至还找出了一卷动物学的书，给我展示了那几种鱼的名称和图片。进化史初期的生物机能居然仍旧存活在我的身上，想到这里，我不禁一阵寒战。

雅各与天使之战

Demian: die geschichte von emil sinclairs jugend

第六章

皮斯托利乌斯实在是位不同寻常的音乐家。但至于我从他那里了解了多少关于阿布拉克萨斯的信息，这个就说来话长了。最重要的是，我从他那里学到的东西，是我深入自我的又一大进步。当时的我十八岁左右，是个古怪的年轻人，在很多方面我是早熟的，在其他很多方面我又是低能和茫然的。当我拿自己跟同龄人相比时，一会儿感到骄傲自负，一会儿又羞耻挫败。我常常觉得自己是个天才，也常常觉得自己是个疯子。我总是无法参与同龄人的生活，分享同龄人的喜悦，这让我一面饱受内心的焦虑和自责，一面又绝望地被群体隔绝在外，只能孑然一身地活着。

而皮斯托利乌斯呢，则是一位比我更年长的"怪胎"。无论是我的梦境、幻想或是思考，他都认真倾听，十分重视，严肃回应，并举例解释。通过这种方式，他教会了我善待自己的勇气和尊严。

"您曾经说过，"他对我讲道，"您喜欢我的音乐，是因为它们不是道德说教，我深有同感。既然如此，那您本人肯定不是个道德主义者！您不应该拿自己跟别人做比较，如果您生来就是蝙蝠，就不该勉强自己成为一只鸵鸟。您觉得自己古怪，责备自己选择了与大多数人不同的道路，这种想法必须停止，取而代之的，您应该去看火，去看云，一旦灵魂有了自己的想法和声音，您就要把自己全然地交托出去，而先不要去管它们是否能够取悦或见容于师长、父母或者神明！如果不能如此，那就是一种自毁，会被世俗礼法牢牢束缚住，成为一块化石。亲爱的辛克莱，我们的上帝叫作阿布拉克萨斯，他既是上帝也是撒旦，光明的世界和黑暗的世界集于他一身。阿布拉克萨斯不抗拒任何一种想法，不阻挠任何一种梦境，这一点请务必牢记。但是，一旦您变得完美无缺、一切正常，他就会离开您，转而去寻找其他容器，以保存他的思想。"

在我所有的梦里面，那个见不得光的爱情之梦是最珍贵的。那个梦境时常重复着：我走进家里的老房子，房门上方正是那个鹞鹰徽章，我想拥抱母亲，可是却抱住了那个半男半女的巨人。我害怕眼前的这个人，可对对方又怀有炽烈的渴望。尽管我对我的风琴师朋友几乎知无不言，可是这个梦我却不能告诉他。这个梦是我的据点，我的秘密，我的避难所。

每当我心情压抑的时候，便会请皮斯托利乌斯为我演奏布克斯泰胡德的帕萨卡丽亚舞曲。晚上的教堂里格外幽暗，我陶醉在那独特的、直击心灵的音乐之中。那些音符仿佛是不假人手、自然流淌而出的，每每总能令我身心舒展，感应灵魂的召唤。

有些时候，我们会在演奏结束后逗留一会儿，看着从教堂顶端透进来的微光消失在教堂之中。

"说来也怪，"皮斯托利乌斯说道，"我曾经是个神学院的学生，还差点成了牧师。可我犯了个形式上的错误——成为牧师是我的职业和目标，但我过早地获得了满足，在还没认识阿布拉克萨斯的时候，就把自己奉献给了耶和华。当然了，每一种宗教都是美好的，无论你领着天主教的圣餐，还是正前往麦加朝圣，宗教的本质都是一样的，宗教就是灵魂。"

我回应道："这么说来，您其实原本可以成为一位牧师的。"

"不，辛克莱，事情不是这么简单的。您应该说，我差点就要干上撒谎的勾当了。我们的宗教早已经面目全非了，教会的所作所为，让宗教变得像个科普行为。万不得已的时候，我或许能接受天主教，可是我死也不会去做一名新教的牧师！我认识几个真正虔诚的信徒，他们坚信着圣经里的条条框框，我要怎么跟他们聊呢？我没法告诉他们，耶稣对我来说不是一个人，而是一位英雄，一则神话，一幅非同凡响的影像。人们通过塑造耶稣，将自己画到了永恒之墙上。至于其他人，他们来教堂只是为了听两句醒世箴言，尽一下宗教义务，做做样子罢了。跟他们我又能聊些什么呢？难道要我劝他们虔诚皈依吗？我对此完全不感兴趣。一个真正的牧师根本就不想传教，他只想与他的同类，也就是其他虔诚的教徒生活在一起。他们的使命就是承载和表达灵魂的感觉，我们正是从这种感觉里创造出了众神。"

他停顿了一下，继续说道："被我们称作'阿布拉克萨斯'的新信仰是非常好的。亲爱的朋友，他称得上是我们所有信仰中最好的一个。可他尚在襁褓之中，羽翼还未长成。一个孤独的宗教是不会被奉为真神的，我们必须把它发扬光大，让它拥有自己的宗教仪式和感染力、自己的节日和秘密……"

言罢，他陷入了沉思。

"我们能不能独自一人，或者在一个小圈子里拥有秘密呢？"我吞吞吐吐地问道。

"当然可以，"他点了点头，"我已经这么做很久了。我有一套自创的宗教仪式，如果被别人看到了，免不得要坐几年牢，不过我也知道，我做的这些事算不上是正确的。"

突然，他拍了拍我的肩膀，把我吓了一跳。他激动地说道："年轻人，您一定也有秘密。我知道，您一定有些梦是没有告诉我的，我也不想打听。但我想告诉您：去跟这些梦嬉戏吧，把这些梦活出来，为它们建造一座祭坛！这虽然不是什么完美的办法，但终归也是一条路。你、我，还有其他的同类们，我们能否革新这个世界尚未可知，但那个存在于内心之中的世界，我们却每天必须让其更迭，不然我们将一无所有。别忘了，您已经十八岁了，辛克莱，您从不去花街柳巷，可您一定有很多关于爱情的梦境和憧憬。也许您害怕这些，但我劝您大可不必！相信我，它们是您能拥有的最好的东西！我在您这个年纪的时候，没有善待我关于爱情的梦境，结果错失了很多东西，而这些原本是可以避免的。如果一个人信仰阿布拉克萨斯，就绝不能重蹈我的覆辙。只要是灵魂所希冀的，我们就应当百无禁忌，不畏惧任何事物。"

我在震惊之余，试着反驳道："可是做人怎么能为所欲为！总不能看谁不顺眼就把谁杀掉吧！"

他向我走近了些。

"在特殊情况下未尝不可,不过多数情况下,杀人都是一桩错误。我不是说您应该想到什么就做什么,但每个念头都自有它的积极意义,通过褒贬来驱赶它们,反倒是有害的。比如说,人们为了献祭,不必把自己或者别人钉到十字架上,大可以喝上一杯庆祝的酒取而代之。我们大可以完全抛却外在形式,用尊重和爱来化解内心的冲动以及种种诱惑。随后这些念头的意义就会显现出来了,它们全都是有意义的。辛克莱,等您再有什么特别棒或者特别罪恶的念头出现时,当您想杀了某人或是犯下其他什么滔天大罪时,不要忘了,这一切的背后都是阿布拉克萨斯,是他在编织幻象!您想杀的那个人,也并不是某某先生本人,而只是一个投射。当我们憎恨某人时,我们憎恨的其实是我们内在的某种特质,只是将它投射到了别人的身上而已。我们自己身上所没有的东西,是不会激怒我们的。"

在皮斯托利乌斯对我说过的所有话里面,这番话对我的触动最为深刻,我一时竟无言以对。这番话最奇特的地方在于,它与德米安多年前说过的话如出一辙,德米安的话我一直记在心里,他们两个人素未谋面,却居然对我说了同样的话。

"我们所看到的一切,"皮斯托利乌斯轻声说道,"都是我们心中已经存在的。心外无物,正因如此,大多数人其实都活在虚妄里,把外部世界的图景当作了现实,却不给内部世界发声的机会。这种活法或许能带来幸福,可人一旦瞥到了世界的真相，就再也没有选择和回头的余地了。辛克莱，从众的道路是轻松的，而我们的道路是艰难的，但我们决意走下去。"

之后我又去等过他两次，但都没有等到。几天后的一个深夜，我终于在街上遇到了他，寒风之中，他从一个街角走来，跟跟跄跄，烂醉如泥。我不想叫住他，他就这么从我身旁走过，也没看到我。他的眼睛明亮又孤独，专注地注视着前方，仿佛冥冥之中有一股黑暗的力量在召唤他。我跟着他走了一整条街，他好像被一条看不见的绳子牵引着，迷醉又飘忽地向前走着，宛若一个幽灵。我难过地回了家，回到了我那些尚未解决的梦境中。

"他就是这样革新内心世界的？！"我愤愤地想，但也是在同一瞬间，我意识到自己的想法卑劣且带有道德绑架的意味。我对他的梦又了解多少呢？也许他在迷醉中走的路，比我在梦境中走的更可靠呢？

课间的时候，我发现有个同学似乎在跟踪我。我以前从没注意过这个人，他个头不高，是个看起来很瘦弱的男孩，一头金棕色的细软头发，举止神采颇有点与众不同。一天晚上，我放学回家，他在巷子里等我经过后，便一直尾随我到了家门口。

"你找我有事吗？"我问道。

"我只是想跟你聊聊，"他腼腆地说，"可以请你一起散会儿步吗？"

我跟他向前走去。他似乎饱含期待，非常激动，双手都在颤抖。

"你是个唯心主义者吗？"他突然问道。

"不是的，克纳尔（Knauer），"我笑了，"完全没有的事，你怎么会这么想？"

"那你就是泛神论者？"

"也不是。"

"拜托，别再掩饰了！我已经感觉到了，你心里一定有些特别的东西，从你的眼睛里就能看出来。我敢肯定，你一定与神灵有往来。辛克莱，我问你这些不是出于好奇，我自己也是个找寻者，你应该明白，这会让我感到孤独。"

"说说看！"我鼓励他打开话匣子，"我对神灵确实一无所知，我只是活在我的梦境里，你所感觉到的应该就是这一点。其他人也活在梦境里，但不是他们自己的梦里，这是我与他们的区别。"

"是的，也许是这样，"他小声附和道，"重要的是活在哪种梦里。那你听说过白魔法吗？"

我只能再次摇头。

"学过白魔法的人，就可以完全控制自己，可以永生，还能变法术。你从来都没接触过这种练习吗？"

我好奇地追问那是种什么样的练习，他却开始故作神秘，直到我转身往回走，他才对我据实以告。

"举例来说吧,当我想要入睡,或是想要集中精力的时候,我就会做这种练习。我先想出一个什么东西来,可以是一个词、一个名字或者一个几何图形。然后,我便尽我所能想象这个东西存在于我体内,我在自我之中努力寻找它,直到我感觉它真的就在那里。之后我想象它在我的喉部、在我的心脏……直到我整个人都被这个东西填满为止。这样我就能入定了,没有任何东西能把我从这份静寂中带出来。"

他的意思我听得似懂非懂,同时感觉,他似乎被别的什么心事困扰着,因为他的焦躁不安和手足无措都很蹊跷。我试着用轻松的方式询问缘由,他并没有过多地迟疑,就道出了心中所想。

"你也在禁欲吗?"他怯生生地问。

"你指哪方面?性?"

"是的,性。自从我接触了白魔法之后,已经禁欲两年了。在那之前我活得很堕落,你懂我的意思……所以,你从来没碰过女人?"

"没有,"我答道,"我没有找到对的人。"

"如果你找到了那个……你所谓的对的人,你会跟她发生关系吗?"

"当然会了,如果她不反对的话。"我有些戏谑地答道。

"噢,那你就将走上歧途!一个人只有完全禁欲,才能凝聚内在的力量。我已经坚持两年多了,两年一个月还要多一点！但这太难了！有的时候我几乎就要放弃了。"

"要我说的话，克纳尔，我根本不相信禁欲有这么重要。"

"所有人都不信，但我没想到你也不信。如果想要在精神的征途上向更高处走去，就要维持身心的纯净，这是必须的！"他不甘地说道。

"那你大可以继续！可我真的不明白，为什么要为了保持'纯净'来克制性欲，为什么不是克制别的什么？再说了，你能把性欲的影响从思想和梦境里全部抹掉吗？"

他绝望地看向我。

"不能，完全做不到！可是上帝啊，我必须得做到。可我在夜里会做梦，那些梦境可怕极了，甚至都无法复述给自己听！"

我想到了皮斯托利乌斯劝说我的话，尽管我觉得那些话特别有道理，可我还是不能转述给克纳尔。因为这个建议并非出自我的亲身经验，而且我还没有亲身践行，所以我没法用它去忠告别人。面对眼前这个向自己寻求指点的人，我只能沉默以对，这令我感到窘迫。

"我试过了所有的办法！"克纳尔继续诉着苦，"所有能做的我都做了，比如洗冷水澡、冬泳、做体操、跑步，可是全不管用。每个夜晚我都会在那样的梦中醒来，而梦里的情境如此可怕，去回忆它们都是种罪过。更糟糕的是，我在精神方面的修习也在渐渐衰退。我几乎无法再集中精力或是催眠自己，我常常整夜整夜地醒着。我已经无法再坚持下去了，可如果我没能完成这一抗争，中途投降，重新变得不洁起来，那我就会比从没有抗争过的人更不堪。你明白我的意思吗？"

我点了点头，却不知道该如何回应。他的话开始让我感到有些无聊。这感受也让我自己十分吃惊，面对他开诚布公的求助和绝望，我居然如此无动于衷，并且心里只回荡着一个感觉：我帮不了你。

"所以，你也完全不能理解我吗？"他听上去筋疲力尽又悲伤，"一点也不能吗？凡事总会有办法的啊！你又是怎么做的呢？"

"我不知道能对你说些什么，克纳尔，在这个问题上，谁也帮不了谁，我也没有得到过别人的帮助。你必须反思自己，然后忠于自己的本性行事，没有其他的出路。相信我，如果你找不到自我，也不会找到任何神明。"

空气突然陷入了安静。这个瘦小的家伙看着我，满脸都是失望。他的眼中闪过一瞬憎恶的光芒，他皱起眉头，对我破口大骂起来："呵，你可真是一位圣人啊！别装了，你也有你的兽欲！你表面上装得道貌岸然，背地里其实沉迷于一样的勾当！跟我一样，跟所有人都一样！你就是个牲畜，一头牲畜，跟我一样。我们所有人都是牲畜！"

我疾步走开，把他留在了原地。他追了两三步便停住脚，掉头跑掉了。此时我感到一阵恶心，那是一种混杂着同情和厌恶的恶心。直到我回到自己的房间，用几幅画把自己围绕起来，才得以从那种恶心的感觉里抽身出来，进入自己充满渴望的内心梦境里。画面很快就出现了，从家门到徽章，从母亲到那个陌生女人。这一次她的面容无比清晰，所以当晚我就开始为她画起像来。

几天后，这幅画终于完成了，速写总共花了不过一刻钟，那是一种灵魂出窍的作画状态。晚上的时候，我把它挂在墙上，并把台灯移过来照着它，仿佛照着一张脸。我必须与这张脸抗争出个所以然。它既像我之前画的那张脸，又像我的朋友德米安，有些地方甚至还像我自己。一只眼睛明显比另一只眼睛高，目光越过我，专注地望向远方，充满了命运的意味。

我站在画前，激烈的内心斗争让我浑身发冷。我质问它，埋怨它，向它求爱，向它祈祷；我唤它母亲，唤它爱人，我也骂它娼妓，骂它母狗，我还称它阿布拉克萨斯。正在此时，一句话浮现在我的脑海中。我已经记不清楚，说话的人是皮斯托利乌斯，还是德米安，我也记不得是什么时候说的了。那句话是关于雅各布和天使之战的："我不会放过你，直到你赐福于我。"

灯光照射下的画像在我不同的称呼声中变换着形态。忽而明亮，忽而昏暗，忽而合上呆滞的双眼，忽而睁开炯炯的双目。那张脸时而是女人，时而是男人，时而是小姑娘，时而是小男孩，甚至小动物。那张脸模糊成一个斑点，后又重新变大变清晰。最后的最后，我在内心某种强有力的召唤下闭上了眼睛，看到那幅画就在我之内，且那个形象变得更强悍更有力了。我想跪在它面前，可是这画已经内化得如此之深，以至于无法同我分开了，仿佛已然成了我。

我的耳边响起幽森沉重的低吼声，就像早春里的暴风雨一般，在这种难以名状的陌生体验里，我颤抖不止。星辰在我的眼前划过，脑海中浮现出了最初的、早已忘却了的童年，然后是前世，随后是更早的进化阶段，一切的一切如电光石火般闪现。可那些关于我生生世世的回忆，似乎并不局限于昨天和现在，而是一直延伸向前，直到映照出未来。如今的我从过去中抽离开来，进入了崭新的生活形态，那图景明亮得无与伦比，绚丽得光彩夺目，可惜我却怎么也记不清这个片段了。

夜里我从熟睡中醒来时，正衣衫整齐地斜躺在床上。我起身去点灯，心里总觉得忘了什么重要的事。灯点亮后，几个钟头前的记忆才慢慢浮现。于是我去找那幅画，可它已经不在墙上了，也不在桌上。这时我隐约记起自己似乎把它烧掉了，可那不是在梦里吗？我不是在梦里托着那幅画点燃，还吃掉了灰烬吗？

一种强烈的不安驱使着我戴上帽子，走出家门。我不由自主地穿过巷子，像被风暴裹挟一般跑过一条条街道和广场。在昏暗的教堂前我停住了脚，那是我朋友的教堂，一股阴暗的驱动力逼迫我不停地寻找又寻找，可我却不知道自己在找些什么。我穿过城郊的一片红灯区，那里还有些星星点点的灯光。再往前走是一片正在建设中的房屋，处处都是堆积的砖石，一些地方覆上了积雪。我就像个梦游者一样，被一股陌生的力量牵引着穿过一片旷野。思绪突然回到了多年以前，我还在父母身边的时候。当时我就是被克罗默挟持着走进了一座新建成的房子，在那里交了第一笔钱。而此时此刻，夜色深重，一座相似的房子就在我眼前，黑色的门洞向我张开大口，要把我引诱进去。我奋力挣扎，跌跌撞撞地越过砂石和砖屑，可那股召唤力却变得更强了，我无力抵抗，只能朝房门走去。

踩着木板和碎砖，我跟跄地走进了一个幽暗的房间。四周散发着湿冷的味道，地上有一堆沙子和一块浅灰色的污迹，除此之外漆黑一片。

"天哪，辛克莱，你从哪儿冒出来的？"耳边响起的声音让我大吃一惊。

同时，从我身旁的阴影里，钻出了一个瘦小的身影，仿佛幽灵。尽管我被吓得汗毛竖起，但还是一眼就认出了这个人，他就是我的同学克纳尔。

"你怎么来这里了？"他的语气非常激动，"你怎么找到我的？"

我一头雾水。

"我并没有找你啊。"我迷迷糊糊地答道。我的嘴唇沉重僵硬，像是冻住了一般，每个字都要费很大的力气才能说出。

他目不转睛地看着我："你不是在找我？"

"不是的。我是被引到这里来的。难道是你在叫我吗？你一定召唤了我。你在这里又是在做什么？现在是深夜啊。"

他紧紧地抱住我，细细的手臂痉挛不已。

"现在是深夜，但很快天就要亮了。辛克莱，谢谢你还记得我！你能原谅我吗？"

"原谅什么？"

"原谅我之前对你那么恶劣！"

直到此时，我才想起我俩之前的对话。那是在四五天之前吧？可对我来说已经像上辈子的事了。此刻，我一下子想通了所有事，不光记起我们之间发生了什么，还明白了我为何会来到这里，而克纳尔在这里又是想做什么。

"你是不是要轻生，克纳尔？"

寒冷和恐惧令他瑟瑟发抖。

"是的，我是这么打算的。但我不知道自己能不能做到，我原本打算等到天亮再实施的。"

我带他走到外面。清晨的第一束光线正徐徐升起，冷冰冰地穿过灰蒙蒙的空气，显得无精打采。

我挽着他走了一段路，心里有个声音对我说："现在回家去，不要跟任何人讲起这件事！你走了错误的道路，那是歧途！我们也不是你想的那样，我们不是牲畜，我们是人。我们创造了众神，又返回头跟他们战斗，可神还是会赐福于我们的。"

但我们却沉默地继续走着，沉默地告了别。当我回到家的时候，天已经大亮了。

我在这座小城里度过的最美好的时光，就是听皮斯托利乌斯演奏风琴，或者跟他一起注视壁炉里的火，沉思观想。我们一起阅读关于阿布拉克萨斯的希腊文著作，他给我朗读了一段《吠陀经》的译文，教我念那句神圣的真言"唵"。事实上，真正从内心滋养我的，并不是这些新学到的教诲。恰恰相反，我之所以感到惬意，是因为内在修为的精进，我越来越信任自己的梦境、思想和感知，也越来越了解自己内心的巨大力量。

我和皮斯托利乌斯在方方面面都堪称知己，我只需要集中意念去想他，就有把握收到他的问候或是来访。与德米安一样，皮斯托利乌斯也不必亲自到场，就可以接受我的提问：我只需专注地想象出他的存在，将思想强烈地传递给他，凝结在问题中的灵魂之力，就会以答案的形式呈现在我的脑海里。只是，如今我不再用这种方式向德米安或者皮斯托利乌斯发问了，我用想象力去发问的那个对象，变成了我梦中和画中的那个人，那个半男半女的魔鬼，那个我不得不呼唤的人。它现在不仅仅存在于我的梦中或者画纸上，而是成了一种理想，成了自我的一种提升。

那个企图自杀的克纳尔，他跟我之间，也形成了一种既怪异又有些滑稽的关系。自从那夜我把他救回来之后，他就变成了我的一位忠心的侍者，甚至说像一只忠犬也不为过。他试图把他与我的人生联结起来，盲目地追随我。他总是带着些荒诞的问题和愿望来找我，不是想要看幽灵，就是要学习犹太教的神秘哲学。无论我怎么解释自己对这些无能为力，他都不肯相信，他始终坚信我是无所不能的。个别情况下，当他拿些荒唐愚蠢的问题来烦我时，恰逢我自己遭遇心结和困惑，他那些异想天开的念头反倒给了我些启发和灵感，最终让我的问题得以解决。可更多的时候，他对我来说就是个麻烦，常常被我粗暴地赶走。我能感觉到：他也是被他的内心送到我身边来的，我每给他一分智慧，自己就会收获两分，从这个意义上讲，他也是我的引路人，甚至是一条道路。现在回想起来，他曾把一些带给他救赎感的书籍和杂志带给了我，而我也确实从中受益匪浅。

后来，克纳尔不知不觉间淡出了我的生活，与他的分别没有经过什么挣扎。可是与皮斯托利乌斯就不同了，在我从寄宿学校毕业之前，还与这位朋友共同经历了一段奇遇。

即使是最人畜无害的人，一生中也难免会有几次不够虔诚和不够感恩的失德。每个人迟早都会迈出那一步——同他的父母分离，同他的老师分离，然后或多或少地品尝孤独的滋味。当然了，也有些人忍受不了那种苦楚，重新逃回到师长的庇护之下。我与父母以及他们的"光明世界"告别，并没有经历激烈的斗争，而是一种缓慢的、不易觉察的分离和疏远。我会因为这种分离而感到难过，所以每次回家相聚的时光都是苦涩的。但那只是浅层的苦楚，未达内心，所以我还能忍受。

可是，对某些人而言，我们曾是他们的朋友和学生，我们对他们的爱和敬畏不是出于习惯，而是出自全然的自我意志。当我们内心的引导力突然觉醒，想要离开他们并奔向他处时，在那个瞬间，我们的痛楚和恐惧真是难以言表。每一个想要离弃朋友和师长的念头，都会变成一根扎向心头的刺，而每一句为自己的辩白都会变成打到脸上的耳光。对于心怀强烈道德感的人们来说，"忘恩"和"负义"的可耻骂名会自动在心头响起，让受惊的心赶忙逃回童年的无忧谷，拒不承认这种分离是必然的，也拒绝相信他们之间的脐带必须割断。

随着时间的推移，有一种感觉在我的心中与日俱增：我不愿意再将我的朋友皮斯托利乌斯当作引路人了。我青春期里最关键的一段时光，就是有他陪伴的那几个月——他的友谊，他的忠告，他的怜悯。上帝借他之口与我对话，他解释和分析着我的梦，并让这些梦反过来滋养了我。是他让我找回了属于自己的勇气，可我心中对他的抗拒感却与日俱增。他的话中总是包含着太多的教诲，我越发觉得他只理解了一部分的我。

我们没有吵架，也没有戏剧化的争执，没有决裂，甚至都没有过所谓嫌隙。我只是对他讲了一句话，一句没有恶意的话。可就在那个瞬间，我们之间的幻想轰然破碎，满地都是彩色的碎片。

最终的爆发是在一个周日，那时负面的感觉已经压在我心头好一阵子了。还是在他的那间书房里，我们在壁炉的火焰前躺下，皮斯托利乌斯向我讲起神秘主义和宗教形态，他正在研究这些课题，思索着它们的未来走向。可是在我看来，这些题目最主要的作用就是满足猎奇心态，对于人生的终极意义无甚帮助。它们在我听来也过于学究气，像是在旧世界的废墟中做着无谓的寻找。一时间，我感到一种强烈的抵触，我抵触这种交流形式，抵触对神秘主义顶礼膜拜，抵触对传统宗教形式做拼接游戏。

"皮斯托利乌斯，"我突然开口打断他，语气中带着一种令我自己都讶异的不耐烦，"请您再跟我讲解一个梦吧，一个您在夜里真实有过的梦境。您现在说的这些，实在太像老古董了！"

他从没听我这样讲过话，而我自己也同时陷入羞愧与惶恐之中，但也是在那个瞬间，我突然意识到一件事：我射向他心脏的利箭，其实取自他自己的箭篓。我曾偶然听到他用自嘲的口吻这样谴责过自己，而这一回，我把这谴责化作利刃刺向了他。

他一定也意识到了这一点，定定地愣住了。我满心惶恐地看向他，只见他脸色苍白，毫无血色。

漫长的沉默之后，他往火上添了一块柴，静静地说："您说得很对，辛克莱。您是个聪明的年轻人，我不会再拿这些老古董烦你了。"

他的语气很平静，可我却分明听出了话里的伤心和难过。

我究竟做了什么啊!

　　我的眼眶湿润了,迫切地想要宽慰他,请求他的原谅,告诉他我有多么敬爱他、感谢他。可是话到嘴边,却终究没有说出口。我继续躺在地上,看着壁炉里的火,一言不发。我们俩就那么静默地看着火势渐消,伴随着每一簇火花的熄灭,我们之间的美好和亲密也消散一分,再也无法弥合了。

　　"您恐怕误会我了。"最后我生硬地说道,语气干瘪,声音含混不清。那些愚蠢又没有意义的话机械地从唇间流出,仿佛在朗诵一篇报纸上的小说选段。

　　皮斯托利乌斯轻声说道:"我完全理解您的意思,您说得有道理。"他顿了顿,接续说道,"而且醍醐灌顶。"

　　不,不是这样的!是我在无理取闹!我的内心疾呼着,可嘴上依旧什么也没说。我知道,刚才的话击中了他的弱点和痛处,触碰了他最为自我怀疑的地方。他的志愿就是"考古",他是徜徉于过去的搜寻者,也是个浪漫主义者。我突然深受触动,皮斯托利乌斯曾是我的引路人,却并不能为自己引路;他曾给予我一切,却无法给予自己。他给我指出了一条道路,让我在路上超越了他,我将他甩到身后,然后继续前行。

　　天晓得我怎么说了那种话!我没有丝毫恶意,也完全没有料到会造成灾难性的后果。说话的时候我没有考虑周全,以为只是一句解闷的、略微粗鄙的打岔,谁知却成了命运的转折点。我的无心之失成了对他的判决。

我多么希望他当时勃然大怒，冲我叫嚷，高声为自己辩护啊！可他完全没有，所有这些都成了我自己的内心戏。他但凡还能微笑的话，一定会嘴角上扬的，可他也没有，此时我才真切地看到自己把他伤得有多重。

皮斯托利乌斯无声地咽下了这份打击，击伤他的，是将他越越了的不肖徒弟。他将我的话当作命运的安排，接纳了下来，随后陷入了沉默。他的反应将我的莽撞放大了千百倍，令我更加怨恨自己。我说出那句话的时候，以为自己敲打的是位强大的、武装齐备的人，可眼前的皮斯托利乌斯却是安静的、耐心的、毫无防备和还击能力的，他只是沉默着。

我们在逐渐羸弱的火前躺了很久，每一块烧红的余烬，每一根烧弯的木条都能让我回忆起与皮斯托利乌斯一起度过的时光——开心且丰盛的美好时光，这让我对他的愧疚越来越重。终于，我再也忍受不了了，起身走了出去。我在他的门前停了很久，又在楼梯上驻足半响，到了房子外面，我再一次站住了。我在等，也许他会出来找我，可终究没有等到。于是我离开了，穿过城区、城郊、公园、森林，步履不停地走了几个钟头，直到天黑了下来。那是第一次，我感觉自己的额上有了该隐的印记。

在那之后，我才开始慢慢梳理整件事。起初，所有的思绪都在集中火力谴责我，为皮斯托利乌斯辩护，可辩来辩去全都铩羽而归。我无数次地想要去找他，收回我说过的混话，诚心地表达忏悔，可是那些话的确是实话啊。直到此时，我才真正看懂了皮斯托利乌斯，看懂了他完整的梦想。他曾经一心想要做个牧师，传播一种新的宗教——崇拜方式是新的，扬升形式是新的，象征符号是新的，爱也是新的。可是这些都不是他力所能及的，也不是他的使命。他过于沉溺于古老的事物，无论是古埃及、古印度、古波斯或是阿布拉克萨斯，他都如数家珍。他的爱牢牢附着于那些已被世界见证过的东西上面，在他内心的最深处，他自己也清楚，所谓"新"事物必须是与过去不同的、从崭新的土壤里成长起来的，而不是在博物馆和图书馆里苦寻出来的。他真正的使命，也许是引导人们找到自我，正如他对我所做的那样，而不是为人们创造出闻所未闻的观念和从未有过的神明。

突然之间，一个感悟如一道烈焰般闪过心头：每个人都有自己的"使命"，它不是任人挑选、更改或者随意摆布的。创造新的神明是错误的，想要给予这个世界的念头则是大错特错！对于觉醒了的人们来说，只有一件事是自己的义务，唯一的一件，别无其他，那就是——**找到自我，坚定地走自己的路，无论这条路会将我们引向何方**。这一感悟对我的触动很深，也正是这次事件带给我的成长。我常常会玩味自己对于未来的想象，也常常梦到自己命定了某个角色，也许是个诗人、预言家、画家或者别的什么。不过所有这些都是虚妄的，我来到这世上不是为了写诗、预言，或是作画，不仅是我，所有人的使命都不是这些，这些不过是人生的副产品罢了。每个人真正的工作只有一个，那就是回归自我。你可以是个诗人或是个疯子，可以是个预言家或者歹徒，这都不是你的任务，都与你的本质毫无关系。**你的任务只有一个，就是找到自己的命运，而不是随便某个命运，然后，你要将它活出来，完整无损地活出来。任何其他活法都是不完整的人生，都是对自己内心的恐惧，都是为了迎合世俗理念而做出的逃跑——逃回乌合之众。**

伴随着一种敬畏心和神圣感，我的眼前浮现出了一幅全新的画面。这画面已然闪现过千百次了，也许还曾被我常常提起，可直到今天，才第一次被体验。我是大自然的创造物，一次未知的创造。我也许会成为一种全新的存在，也许什么都不是。这种创造出自生命本源，而我唯一的使命，就是顺应这份创造力，自己去体验它的意志，并将它变成我的意志，除此之外，再无其他使命！

我已经品尝过许多孤独的滋味了，可如今我才知道，孤独还可以来得更深，更无从逃避。

我最终没有做任何和好的努力，我跟皮斯托利乌斯仍旧是朋友，可我们之间的关系却变了。关于那件事，事后我们只聊过一次，更准确地说，那次都是他在说："您是知道的，我一直都想成为牧师，最好是一个新宗教的牧师，您我对此都得到过许多启示了。可我做不到，我早就知道这一点了，只是不愿向自己承认。可我还是会继续做一些牧师周边的工作，比如演奏风琴之类的。我离不开这些美好又神圣的东西，风琴音乐、宗教奥义、符号和神话，我需要它们环绕在身边，我离不开它们。这是我的弱点，辛克莱。我有时会意识到自己不该怀有这些心愿，它们太过软弱和奢侈。戒除一切诉求，将自己完全地交托给命运的流转，才是更宏大、更正确的。可我做不到，这是我唯一做不到的事，也许您将来可以做到。这是世上唯一真正的难事，我的老弟。这事我曾梦到过，但我做不到，它令我感到恐惧。我没有办法接受全然的赤裸和孤独，我就像一只可怜又虚弱的狗，需要一点温暖和吃食，需要感受到周围有同类的陪伴。如果一个人全然地顺应命运的召唤，除此之外别无他求的话，那么他也不会有同伴，只能孤身一人面对冰冷的宇宙。您能想象吗？就像耶稣在他受难的西马尼花园里一样，尽管后来有些殉道者，也都自愿被钉到十字架上，但他们并不是英雄，也没有得到自由，因为他们是有所求的，他们有榜样和理想，他们的所作所为是为了现身于心之所向。一个只忠于命运轨道的人，不会有榜样和理想，不会有爱怜的东西！这条路确实是人们必须走的。您我这样的人其实已经相当孤独了，可我们还有彼此，还有因为与众不同、离经叛道而获得的隐秘的满足感。这些心理也必须摒弃掉，才能全然顺应命运的轨道。这条路上的人不能想着成为革命者、榜样人物或是预言家，这条路不是思考出来的。"

是的，命运是无法思考出来的，可是能够梦到，能够预知，能够觉察。有几回，当我处在全然的寂静中时，还曾对它有过惊鸿一瞥。于是我向自己的内在观望，那里有一双专注的眼睛，眼睛里是我的命运蓝图。那双眼睛里可以充满智慧，也可以充满疯狂，可以闪烁爱意，也可以燃烧怨恨，都是一回事。在这里我们是没有选择权的，也没有发愿的余地，只能希望成为自己，只能寄希望于自己的命运。在这个方向的道路上，皮斯托利乌斯引导了我很久。

那些天里，我像个盲人一样跌跌撞撞，四处游荡，内心经历着风暴，每一步都是危险的。我的眼前伸手不见五指，所有走过的道路都隐没在一片黑暗之中。我在心中看到了一位引路人的形象，那张脸酷似德米安，在他的眼睛里有我的命运。

我在一张纸上写道："一位引路人离开了我，我陷入一片混沌之中。我无法独自迈出下一步，我需要帮助！"

我想把它寄给德米安，可终究没有这么做。每次升起这个念头的时候，都会觉得这主意既愚蠢又没有意义。不过我记住了一小段祈祷词，并常常在心中默念，它每时每刻都伴随着我，而我也渐渐开始理解了祈祷的意义。

我的中学时光结束了，父亲建议我在读大学前，利用假期做一次旅行。至于去大学读什么专业，我还是没有概念，最后被哲学专业允许就读一个学期。我想如果换成其他专业的话，我也会同样地欣然接受、甘之如饴。

夏娃夫人

Demian: die geschichte von emil sinclairs jugend

第七章

假期里，我去了一趟德米安的旧住处，就是几年前他和他母亲住过的房子。一位老太太正在花园里踱步，我跟她攀谈了几句，得知她就是房主。我向她打听德米安一家的去向，她立刻就记起了他们，却也不知道他们如今身在何方。她觉察到了我对德米安的关切，便把我请进了屋，找出一个皮质的相册，给我看了一张德米安母亲的照片。我早已记不清这个人了，可当视线落到那张小照片上时，我的心跳都停止了。那居然就是我梦里的人！就是那个高大的、几乎像男人一般的女性形象，容貌与她的儿子相似，但多了几分母性和严厉。那是一张带有深切热忱的脸，漂亮迷人，美得不可方物，既是魔鬼又是母亲，既是命运又是情人。那个人居然是她！

我的梦中人居然真实地活在这世上，这对我来说像个疯狂的奇迹！这世上存在一位女性，她的样子就是我的命运！我千百次地问她在哪里？究竟在哪里？而她居然就是德米安的母亲！

不久之后我就踏上了旅程。那是一段非常奇特的旅行！我漫无目的地从一个城市到另一个城市，心心念念都在寻找那个女人。有那么几天，我遇到了许多让我想起她的人，每一个都将我引向她，每一个都酷似她。她们指引着我，我穿过陌生城市里的巷子和火车站，坐上火车继续前行，仿佛身处一场错综复杂的梦境里。还有几天，我感觉自己的寻找犹如大海捞针，于是便在公园、酒店的花园或是候车厅里无所事事地坐着，在

第七章　夏娃夫人

内心世界中观想着那个活生生的形象。每逢此时，我又会羞涩起来，那形象也稍纵即逝。那段时间里我无法入睡，只有当火车在陌生的田野间穿行时，我才能打一刻钟的瞌睡。在苏黎世时，我曾遇到一位外表靓丽、做派前卫的女士，她似乎对我颇有好感，还尾随了我一程。而我却径直前行，拿她当空气。我宁愿死，也不愿在其他女人身上浪费一分一秒。

我能感觉到命运的召唤，也能感觉到目标已近在眼前。尽管我已经急不可待，可依旧无力加速这一切，这种感觉让我快要发狂了。大概在因斯布鲁克的火车站吧，我站在站台上，看到驶离的火车上有一张脸很像她，之后便失落了一整天。夜里我突然又梦见了她，醒来时心中满是羞愧和沮丧，这种寻找真是毫无意义。于是，我踏上了归途。

几周之后，我去 H 城大学报了到，那里的一切都令我失望。我去听了哲学史的课程，内容肤浅且照本宣科，正如学生们那干瘪的求知欲。在这里，样样事情都有模板，每个人的行事做派都如出一辙。大学生们年轻脸庞上洋溢的热烈喜悦，看起来空虚得可悲、愚昧得可叹。不过我是自由的，我把整天的时间都留给自己，静静地待在自己城郊的小屋里，桌上摆着几本尼采的书。我与尼采相伴度日，品尝着他的孤独，分享着他的痛苦，感受着那驱使他不断前进的命运。想到有人曾如此笃定地走自己的路，我的心中泛起了一种幸福感。

一天晚上，我在城里散步，秋风萧瑟，我听到酒馆里传出大学社团的高歌声。香烟的雾团混合着歌声从窗户飘出，形成云朵。那合唱声高亢嘹亮，却毫无感染力和生命力。

我站在街角侧耳倾听，从两家酒馆里准时传出了年轻人的欢笑声，那热闹穿透了夜色。处处都是团体，处处都是聚会，处处都有人抛弃了命运，躲进人群里！

两个男人从我身后走过，我无意间听到了他们的对话。

"这帮年轻人像不像非洲村落里的土著？"其中一个说道，"对，就是这样，连文身都成为潮流了，您瞧啊，这就是年轻的欧洲。"

这嗓音听起来无比熟悉，我不由跟着他们俩进了巷子。借着一盏路灯的光线，我看到其中一位是日本人，个子不高，举止优雅，黄皮肤的脸上闪烁着笑意。

这时，另一位男士又开口说话了。

"我想，如今这情形，在您的国家日本也好不到哪儿去。不盲目从众的人在哪里都是稀少的，这里倒还有一些。"

每个词都让我心潮澎湃，因为我认出了说话的那个人，那是德米安！

在这个秋风瑟瑟的夜里，我一边跟着德米安和那个日本人穿过黑暗的巷子，一边听着他们的交谈，享受着德米安的嗓音。他的嗓音里有一种老派的腔调，透着圆熟的自信与从容，对我有着一种熟悉的感召力。我终于找到他了，一切都好了。

在城郊一条街道的尽头，日本人向德米安道了别，转身打

第七章　夏娃夫人

开了房门。随后德米安沿着原路走了回来,我定定地站在路中央等着他,心脏怦怦直跳。他越走越近,身姿挺拔,步履矫健,身上穿着一件棕色的大衣,手臂上挂着一根细细的手杖。他向我走来,保持着匀速的步伐,径直走到我面前。他摘下礼帽,向我露出了和昔日一样阳光的脸,还有坚毅的嘴巴,以及宽阔的额头上那不同寻常的光彩。

"德米安!"我兴奋地迎上去。

他向我伸出了手。

"终于见到你了,辛克莱!我一直在等你。"

"你知道我在这里?"

"之前并不知道,但我一直希望可以在这里见到你。直到今晚我才看见了你,你跟了我们一整晚。"

"你一开始就认出我了?"

"当然了。你的样貌的确改变了,但你有那个印记。"

"那个印记?什么印记?"

"如果你还有印象的话,我们以前把它叫作该隐的印记,是我们的专属印记。你其实一直都有这个印记,所以我才成了你的朋友,不过现在,这个印记在你身上更清晰了。"

"我以前并不知道。或者说,也许我一直都是知道的。我曾经画过一张你的画像,却惊讶地发现画出来的脸很像我自己,是不是也因为那个印记?"

"正是。你在这里真是太好了!我的母亲也很期待见到你。"

我怔住了。

"你的母亲？她也在这里吗？她完全不认识我啊。"

"她是知道你的。即使我不告诉她你是谁，她也会认出你的。你消失了好久，音讯全无。"

"我常常想写信给你，但是不知道寄到哪里。一段时间以来，我强烈地感觉到自己马上就会找到你，所以每一天都在期待。"

他挽起我的手臂，我们一道向前走着。他身上散发出的宁静感染着我，我们很快便像从前一样攀谈起来。我们一同回忆了校园时光，坚信礼课程，还有假期里那次不欢而散的相聚。只有我们之间那条最早也最紧密的纽带——弗朗茨·克罗默的故事，这次依旧无人提起。

不知何时，我们的对话内容变得古怪而沉重。承接着德米安和日本人的对话内容，我们聊了聊大学生活，随后便转向了八竿子打不着的话题，可是在德米安的言辞里，前后的话题间又存在着某种内在的关联性。

他讲起了欧洲精神和时代烙印。他说如今处处盛行集体主义和抱团扎堆，可是自由与爱却无处可寻。所有这些团体，小到大学生社团和教会唱诗班，大到国家，都是一种强迫式的教育，这种团体是出于恐惧、忧虑和困窘而结成的，其内部填充着惰性和腐朽，已经到了崩溃的边缘。

"集体，"德米安说道，"其实是一种美好的东西，可我们随处可见的这些，都不是真正的集体。如果一个集体的形成是出于个体之间的相互了解，那么它将是一种全新的面貌，将会改变这个世界。可当今的这些所谓的集体，都是些乌合之众。人们逃向彼此的怀抱，是因为恐惧彼此。无论老板、工人还是学生，概莫能外！他们为什么恐惧？一个人只有不遵从内心的时候才会恐惧。他们恐惧，是因为他们从没有真正地了解过自我。一个浩浩荡荡的集体里充斥的，全都是不了解自我、害怕自我的人！在他们那里，身为个体的生命法则被废黜了，只能循着陈腐的同质化模板过日子。无论是宗教还是道德，都无法真正依照个体的需求量体裁衣。一百多年来，欧洲一直在搞研究，建工厂。他们精确地知道，多少克的火药可以杀掉一个人，却不知道如何向上帝祈祷，不知道如何消遣一个钟头的时间。你随便去看一间坐满大学生的酒馆，或者别的什么坐满富人的娱乐场所，那景象同样令人绝望！亲爱的辛克莱，从这一切中不可能产出任何喜乐。一群战战兢兢的人凑在一起，心里盛的全是恐惧和恶念，没有人真正地信任另一个人。他们追随着的也不是真正的理想，谁要是胆敢有异心，就会被围攻。我能感觉到冲突越来越近，相信我，冲突就快来了！冲突当然不能'改善'世界。无论是工人打死老板，还是德国与俄国兵戎相见，都只是个易主的过程而已。不过冲突也不是完全无用的，它将瓦解现代的价值体系，将远古诸神一扫而光。如今的这个世界将会被倾覆，走向毁灭，这是注定的。"

"那么我们呢？"我问道。

"我们？哦，也许我们会一起毁灭，我们中的每一个都可能会死在冲突之中。不过人类不会灭绝，我们中的幸存者将会凝聚起未来的意志。人类的意志将会呈现，在欧洲，那是被科技和知识长久压制的意志。此后我们会看到，人类的意志从来就不是千篇一律的，我们今天的团体、国家、民族、协会和教堂掩盖了人类意志的真相。大自然对每个人的安排都写在个体之中，在你之中，也在我之中，在耶稣之中，也在尼采之中。当今天的集体主义崩溃之后，就会腾出空间给这些重要的时代洪流，它们必会日新月异地发展起来。"

我们在河边的一个花园前停下时，已经很晚了。

"我们就住在这里，"德米安说道，"早点来看我们吧！我们都很期盼见到你。"

在沁凉的夜色中，我心情雀跃地往回走。身边不时有高声喧闹、步态踉跄的大学生经过，看样子他们也是在回家的路上。他们那荒诞的欢愉，与我这孤独的生活之间有着天壤之别，这种对比有时让我感到匮乏，有时又让我感到讽刺。但从来没有什么时刻像今天这样，我感到自己充满了勇气，且心平气和。别人的生活与我何干，我已经离开这个世界太久了，它已经无比遥远。我不禁想起了故乡的那些公职人员，一个个都是德高望重的绅士。可每当他们回忆起年轻时流连于酒肆的时光，回忆起那已经逝去的"自由"时，眷恋之情都会溢于言表，仿佛在留恋幸福的天堂。那种狂热的沉湎，恰如诗人或其他浪漫主义者对于童年的讴歌，两者如出一辙！人人都在过去里寻找着所谓的"自由"和"幸福"，因为他们太害怕了，害怕想起自己的责任，害怕想起自己的道路。几年的时光浸泡在酒精和欢闹中，然后摇身一变，成了国家政权的掌舵者。是啊，这是腐朽的，我们时代的腐朽。与大学生们的这种丑态相比，还有千百种更愚蠢、更糟糕的愚昧形式。

当我走回住处，准备上床休息的时候，所有其他的思绪都散尽了，满心里只剩德米安今天的那句重要承诺——尽快去看他们。明天，明天我就要去见他们，去见德米安的母亲。让大学生们继续泡在酒馆里、继续在脸上刺青吧！让这个世界继续腐朽，见鬼去吧！这一切都与我无关！我的心中只牵挂一件事，那就是：我的命运即将用崭新的姿态与我相遇。

我沉沉睡去，一觉睡到了天亮。新的一天对我而言像个盛大的节日，我上一次这么兴奋，还是在儿时的圣诞节。我心里七上八下，坐立不安，可唯独没有恐惧。一个重要的日子拉开了帷幕，周遭的世界在我的眼中和心中完全变了样，一切都在等候着、庆祝着，万事万物之间都仿佛有了关联。就连细密的秋雨都变得美妙、静谧，流淌着欢乐的乐章。生平第一次，外部世界与我的内心世界形成了和弦。这一天是灵魂的节日，人生有这一天足矣。房舍、橱窗、街巷里的一张张脸庞，都显现出了它们应有的样子，不再如平日里那般空洞，也不再令我困扰。它们是自然序列的一部分，怀着敬畏之心迎接着各自的命运。小时候，只有在重大的节日里，比如圣诞节或者复活节的时候，我才看到过这么美的清晨。我当时并不知道，原来世界的原貌本就是这么美。长久以来，我习惯了活在内心世界之中，对外部世界渐渐失去了感知力，还以为随着童年的结束，世界的色彩就会无可避免地走向凋零；还以为想要品尝灵魂的自由和成熟，就必须以舍弃世界的旭辉为代价。而此刻我欣喜地看到，一切美好都在原地，只是被阴影遮蔽了起来。无论是追求自由还是告别童年的幸福，都不影响欣赏这个熠熠生辉的世界，都不影响用童真的视角品尝内心的欢腾。

终于，我又一次来到了城郊的那座花园前，就是我与德米安昨天分别的地方。在几棵大树的后面，坐落着一栋小房子，明净宜人。房子有一面大大的玻璃墙，墙后是高高的盆栽花卉。清澈的窗子后面是暗暗的墙，墙上挂着壁画，陈列着书籍。走进房门后，我直接踏进了一个小而温暖的厅堂，一位系着白围裙的黑人女仆默默地迎过来，帮我挂好了大衣。

女仆走后，我一个人留在厅堂里，不禁四下张望，周围的一切都像极了我做过的梦。大门上方的木墙上，一幅无比熟悉的画高高地挂在那里，那画用玻璃和黑相框裱了起来，画纸上是一只鸟，通过头部可以看出这是一只金色的鹞鹰，它正在奋力地挣脱出壳。没错，那就是我的画。我一动不动地站在那里，整颗心都被喜悦和痛楚攫住了。过去的一切经历，在这一刻都变成了耳畔的回答,都得到了价值的实现。无数画面如闪电般在心头掠过:父母家房门上的鹞鹰徽章,临摹徽章的男孩德米安,童年时被敌人克罗默挟持的我,少年时在寝室中画出渴望之鹰的我,灵魂在自己编织的网中迷了路,这一切,直到此刻才得以复位,重新在我的心中得到了肯定、许可和回应。

我注视着自己的画,倾听着自己的心,不由得湿了眼眶。正当此时,一位高个子的女人从门里走了出来,我的目光从画上落到了她身上。我激动得说不出话来,这位身着深色衣裙的女士,就是我苦苦寻找的那个人。那是一张酷似她儿子的脸,同样地没有时间感和年龄感,同样地洋溢着灵魂的意志力。这位美丽端庄的夫人冲我友好地微笑着,对我来说,她的目光就是意义的满足,她的问候就是回家的归途。我一言不发地向她伸出双手,立刻被她用温暖的手掌紧紧握住。

"您一定是辛克莱,我一下子就认出您了。欢迎来做客!"

她的嗓音深沉又温暖,在我听来如同啜饮甘甜的美酒。我抬起目光,只见她脸色安详,双眸漆黑深邃,双唇清新又成熟,额头开阔又庄重,且带有那个印记。

"我实在太高兴了!"我说着亲吻了她的手,"我一生都在漂泊,可是现在,我感到自己终于回家了。"

她慈祥地笑了。

"人是永远都无法回家的。"她和善地说,"不过,当两位挚友各自的道路短暂相交的时候,整个世界看上去就会如同家园一般。"

她的话，正是我来时路上的心中所想。她的嗓音和口吻都与德米安相似，却又不尽相同，她的更成熟、更温暖，也更自然。诚如德米安从不让人觉得他是个孩子一样，他的母亲也完全不像有个成年儿子的母亲。她的面容和头发是那么的年轻可爱，金色的皮肤光滑紧致，嘴巴如同花朵一般。眼前的这个她，比我梦中的那个人更加高贵威严，她的所在就是幸福，她的目光就是满足。

这就是命运向我呈现出的崭新面貌，既不是严峻的，也不是孤独的，居然是成熟且令人欢喜的！我不必再下决心，也不用再立誓言，我已经抵达了一个目的地，一处高地，此后的路途将是康庄大道，通向热望中的乌托邦。沿途有幸福的茂林可以庇荫，还有喜乐的花园可以纳凉。我将自己全然交托给这道路，让它将我引向命定的方向。知道世上有这样一位女性存在，并能在她的身边呼吸，享受她的悦耳声音，这让感到幸福无比。只要她在那里，无论她是我的母亲、恋人还是女神，都不重要！只要我的道路与她的道路相邻，我便别无他求！

她指了指我的那幅画。

"在您与德米安的共同回忆中，这幅画是让他最开心的一件事，"她若有所思地说，"我也一样地开心。自从我们收到了这幅画，就一直期盼着您的到来，因为那幅画告诉我们，您已经在走向我们的路上了。当您还是个小男孩的时候，辛克莱,有一天放学后,我儿子对我说:'学校里有个男孩,他的额上也有印记,我要和他成为朋友。'他说的男孩就是您。当时您的处境不轻松,不过我们都对您很有信心。有一回您放假回家,又见到了德米安,当时您十六岁左右,德米安跟我提起过。"

我急切地打断了她:"这个他也告诉了您?!那是我最不堪的一段时间!"

"是,他也是这么说的:'辛克莱现在正面临着最艰难的一段路。他正在试图逃进人群之中,甚至变成了酒馆的常客,不过这法子对他来说是行不通的。他的印记只是被遮蔽了,可仍旧隐隐地灼烧着他。'结果不正是这样吗?"

"是的,他说得没错。在那之后我找到了贝雅特丽齐,后来终于又迎来了一位引路人,他叫皮斯托利乌斯。直到那时我才明白了一切:为何自己年幼时与德米安的关系那么密切,为什么我无法忘记他。亲爱的母亲,我当时甚至一度想到过轻生,命运对每个人来说都是如此艰难吗?"

她轻抚着我的头发,温柔得如同清风拂面。

"生活始终都是艰难的。您想想看,雏鸟要拼尽全力才能破壳而出。回想一下来时的路,再问问自己:真有那么艰难吗?只有艰难吗?难道没有美景吗?难道您见过更轻松更美好的道路吗?"

我摇了摇头,如梦呓一般说道:"生活曾经很艰难,直到我做了一个意义重大的梦。"

她点了点头，目不转睛地看着我：

"是的，我们必须找到专属于自己的那个梦，脚下的路就会好走一些。不过没有哪个梦是永恒的，每个旧梦都会被新的梦冲刷干净，我们不能紧抓着任何一个梦不放手。"

我的内心深处一阵恐慌。这是一种警告吗？或者是一种防备？可无论如何，我已经决心跟随她的指引前行，不管目的地是何方。

我回应道："我也不知道这个梦能持续多久，可我真希望它能够永恒。我的命运在我的画作之下接待了我，像一位母亲，也像一位情人。我全然地属于我的命运，心无旁骛。"

"只要您的梦还是您的命运，您就应当忠诚于它。"她郑重地确认了我的话。

悲伤涌上心头，我多渴望在这个迷人的时刻死去啊。泪水失控地夺眶而出，汹涌得像是要流尽一生的眼泪！我连忙从她面前转过身，走到窗前，越过窗台上的盆栽，泪眼蒙眬地看向远方。

身后传来了她的声音，如此的平静温柔，如同盛满了美酒的杯盏。

"辛克莱，您真是个孩子！您的命运当然也爱您。只要您忠于自己的梦，终有一天您的命运也会归属于您，就像您梦到的那样。"

第七章 夏娃夫人

我打起精神，重新向她转过头来。她握住了我的手。

"我有几个朋友，"她微笑着说，"很少的几个非常亲近的朋友，他们都叫我夏娃夫人。如果您愿意的话，也可以这么称呼我。"

她把我带到门前，打开门指着花园说："德米安就在那边。"

我惊愕地站在大树下，不知是比从前更清醒，还是更茫然了。雨滴从树枝上滴落下来，我缓缓地走进了花园，花园沿着河岸向前延伸，终于，我看到了德米安。他赤膊站在一个凉亭里，正在打沙袋。

我怔怔地愣在原地。德米安看起来是如此的光彩夺目，宽阔的胸膛，坚毅阳刚的面庞，高举的手臂肌肉紧实、强壮有力。腰臀、肩颈和手臂的动作充满了活力，如同喷涌的泉水。

"德米安！"我叫他，"你在做什么？"

他爽朗地笑了。

"我在练拳。我跟那个小个子日本人约好了，要来场拳击比赛。那家伙身手敏捷得像只猫，也像猫一样狡猾。不过他不是我的对手，我要给他个小教训。"

说着，他穿上了衬衣和外套，问道："你已经见过我母亲了吗？"

"见过了，德米安，你有一位了不起的母亲！夏娃夫人！这个名字跟她真是绝配，她的确像是万物的母亲。"

他若有所思地看了我一眼。

"你已经知道她的名字了？这可不得了，老弟！她从没有对谁在第一时间说过自己的名字，你是第一个。"

从那天起，我就不断出入这栋房子，就像这家的孩子或兄弟，不过，也像一个坠入爱河的人。每当我走近房门，甚至早在我远远看到园中大树的时候，我的心中就已经充满了幸福感和富足感。房子外面是所谓的"现实"，那里有街道、房舍、人群，有各种机构、图书馆以及讲堂；可房子里面却是爱和灵魂，这里生活着童话和美梦。不过，我们并非与世界隔绝了，恰恰相反，我们的思想和对话正是以世界为中心展开的，只不过是在另一个领域。我们与大众之间并不是由一道边界隔开的，我们的区别在于看待世界的方式。我们的使命是在这世界上建一座岛，或者说做一个表率，总而言之，都是宣告生活的其他一种可能性。我，一个孤独了很久的人，终于认识了何为真正的团契。原来在全然独立的个体之间，完全可能存在一种共同体。从此我再也不羡慕幸福的盛宴，再也不怀恋喜悦的窗棂，当我再看到他人聚会时，也再不会心生羡慕和乡愁了。慢慢地，我也卷入了该隐后人的秘密，因为我们都是额上有印记的人。

诚然，我们这类人会被世界看作古怪、疯狂甚至危险，但事实上，我们却是已经觉醒的，或正在觉醒中的人，我们不断追求着更为完满的觉醒状态。而沉迷于世俗幸福的人们，追求的是将自己的生命和幸福越来越紧密地与大众绑定在一起，包括他们的意见、他们的理想和他们的义务。不可否认的是,这种追求里同样蕴含着力量和大义。只是我们这些头带印记的人,都希望将大自然的意志用个体化的、推陈出新的方式进行演绎,而非像其他人那样遵照一种既定的意志行事。我们与他们一样深爱着全人类,只是对他们而言,人类是一个既定的概念,且必须将这些法则保护起来、代代相承。对我们来说,人类意味着遥远的未来,所有人都是途中的行者。没有人认得"人类"的样子,也没有什么写就了的"人类法则"。

除了夏娃夫人、德米安和我之外,还有些形形色色的寻找者也属于我们的圈子,只是程度上各不相同罢了。他们中的一些人走上了不同寻常的道路,树立了不同寻常的目标,拥护着不同寻常的观念和使命。他们有的是占星师,有的是卡巴拉学家,有的是新教派的信徒,有的是素食主义者,还有一个是列夫·托尔斯泰的拥趸。无一例外,他们全都是敏感、腼腆和了不起的人。在精神层面上,我们与所有这些人只有一点共同之处,那就是:都尊重他人与众不同的生活空间。除此之外,我们并无其他交集。反倒是另一些人,与我们的精神交集更多:他们试图通过追随上帝以及重新解读历史,来探求人类的奥义,就像我的皮斯托利乌斯一样。他们会带来书籍,给我们翻译古文,给我们展示古老的象征符号和礼拜仪式。他们说人类从古至今的理想宝藏,都由两种梦组成:一种梦来自未知的灵魂,而在另一种梦里,人类追随着对未来可能性的预示。就这样，我们认识了各式各样的奇特神明，从史前一直到耶稣诞生；我们更加了解了那些孤独又虔诚的修习者，以及各个宗教在不同族群间传播时经历的演变。我们收集起来的所有信息，都让我们对这个时代以及当今的欧洲生出了一种批判心理。人类通过不懈的努力发明了威力强大的新式武器，与此同时，精神上却深陷于无可救药的荒芜。欧洲人征服了全世界，却失掉了灵魂。

在这个圈子里，也有些人信奉某种特定的精神希望或者疗法，还有些佛教徒，想要让欧洲皈依佛门，还有那个托尔斯泰的拥趸，也同样希望推广托尔斯泰的不抵抗思想。在我们这些额上有印记的人看来，所有这些都不能真正地触动我们，我们也从不关切未来的模样。一切教义和疗法，对我们而言早就死亡和无用了。**我们唯一的义务和命运，就是活成我们自己，忠于大自然埋藏在我们之内的种子，并将它活出来。从这个意义上讲，我们每个人都找到了各自的未来。**

不管是否宣之于口，我们每个人都清楚地感觉到，眼下的这个世界即将倾覆，重生的脚步越来越近。德米安有时会对我说："即将发生的风暴是难以想象的。欧洲的灵魂像一只被囚困了太久的野兽，一旦出笼，它的第一反应一定充满威胁。不过只要灵魂的困境得以显露，不再继续被慢性麻醉和阻碍，那么一切道路乃至弯路，就都是值得的。在那之后，我们的时代就会到来了，我们不会作为领导人或者立法者，因为我们也不再

第七章　夏娃夫人

需要新的法律了，我们要作为灵魂的使者，追随和回应灵魂的召唤。你看，多数人就是这样，平日里时刻准备着不择手段去对付威胁他们理念的人，可面对那之后的新理念，面对日益壮大的、危险的、怪诞的社会情绪，却没有人挺身而出。到时候会站出来的那少数人，就是我们。我们有着该隐的印记，就是为了激发大众心中的恐惧和仇恨，逼他们走出狭小闭塞的桃花源，进入危险地带。所有影响了人类历史进程的人物，无一例外都是如此。他们之所以具备了如此惊人的能力和影响力，是因为他们时刻准备着顺应命运的洪流。摩西是这样，佛陀是这样，拿破仑和俾斯麦也是这样。一个人要侍奉的是哪一股浪潮，要追随的是哪一根指挥棒，半点不由人。如果当初俾斯麦理解并采纳了社民党的意见，那么他最多算是个聪明人罢了，但绝不会是命运的使者。还有拿破仑、恺撒和罗耀拉等等，都是同理。我们必须从生物进化论和人类发展史的角度来看问题，地表上升导致很多海洋生物被抛上了陆地，很多陆地生物被沉入水中。在这个过程里，那些顺势而为的生物，通过适应新环境而使族类幸存了下来，它们都是顺应命运的典型例子。幸存下来的是否还是昔日的同一种生物，它们中哪些是因循保守派，哪些是叛逆革命派，我们都不得而知，唯一可以确定的是，它们正是因为准备好了顺应命运，所以才得以在新的进化历程中幸存。我们都明白这个道理，所以我们才想要准备迎接命运。"

我与德米安交谈的时候，夏娃夫人都是在场的，但她却不参与讨论。无论我们谁在发表意见，她都是我们的倾听者和回声。她总是给予我们全然的信任和理解，仿佛我们的那些观点全部来自于她，后又回归于她。待在她的身边，偶尔听到她的声音，分享那环绕着她的、成熟的、属于灵魂的独特氛围，让我幸福不已。

我的任何改变、忧伤或者新气象，都会被夏娃夫人立刻捕捉到。我觉得，就连我睡觉时所做的梦，都是被她所激发出来的。我经常把我的梦讲给她听，这些梦在她看来都是非常自然和容易理解的，没有任何令她困惑的怪异之处。有一段时间，我总是梦到我们白天聊过的话题，梦中的世界陷入了混乱之中，我孤身一人，或者和德米安一道，紧张地等待着那重大历史时刻的到来。命运的面貌依然模糊不清，可还是带着夏娃夫人的轮廓。要么被她选中，要么被她舍弃，这就是命运。

有时候她会笑着说："您的梦境不是完整的，辛克莱，您把最好的部分忘掉了。"有时候，我真的会重新想起那部分的梦境，而且不明白之前怎么会忘掉。

随着时间的推移，我对自己变得愈发不满，并饱受欲念的折磨。她就在身边，却不能把她拥在怀里，我无法再忍受下去了。而她也立刻注意到了。我连续几天没去她家，再次现身的时候，我显得意乱情迷。她将我叫到一边，对我说道："如果某些愿望您并不相信，就不能把自己交付过去。我知道您的愿望是什么。要么,您必须放弃这些愿望,要么,您就理直气壮地许下这些愿望。如果您郑重地发一次愿,调整心境,仿佛愿望已经实现了那样,那么它就一定会实现。可您如今一面怀有心愿,一面又后悔不已,同时还心怀恐惧,所有这一切都必须克服。不如我给您讲个故事吧。"

故事的主人公是个小伙子,他爱上了一颗星星。他站在海滩上,张开双臂向星星祈祷,他的梦、他的思想都系在那颗星星上面。可是他知道,或者说他以为自己知道,星星是不可能被人拥抱的。他以为自己的命运就是无望地爱着一颗星星,他在头脑里编织了一部关于舍弃的人生大戏,并相信那沉默而忠诚的痛苦,可以用来净化和美化他的心灵。可他所有的梦,仍旧围绕着那颗星星。有一天深夜,他又一次站在海边的断崖上,满眼热望地看着那颗星星。强烈的爱恋让他一跃而起,扑向虚空。然而就在起跳的那个瞬间,"不可能"三个字穿过他的头脑,他重重地坠下海滩,粉身碎骨。他不懂得如何去爱,如果他在跳崖的那个瞬间拥有灵魂的力量,对心愿的达成深信不疑的话,他早已飞向天空,与那颗星星结合在一起了。

"爱不必祈求,"她说道,"也不必要求。爱必须拥有自证的力量。而后它就不再是被吸引的状态了,而是会散发出吸引力。辛克莱,您的爱情是被我触动的,如果它有一天吸引了我,我自然会来。我不想做一件被赠送的礼物,我想要被征服。"

还有一次,她给我讲了另外一个故事。故事也是关于一个坠入爱河却爱而不得的年轻人。他将自己完全收回到灵魂之中，避免被爱情灼烧。可他仿佛失去了整个世界，看不到蓝天和绿树，听不到溪流和琴乐，一切都沉没了，他变得匮乏和窘迫。直到有一天，他的爱情苏醒了，比起让他放弃拥有心头挚爱，他宁愿立刻死掉。他能够感觉到，自己的爱情燃烧了心中的一切，这份爱变得越来越强烈，不断释放着吸引力，终于引来了那位美丽的女人。他张开双臂想要拥她入怀，可是，当她站在他的面前时，一切却完全变了样。在战栗中年轻人看到，他曾经失去的世界回到了他的眼前，她近在眼前，芳心暗许。天空、森林、溪流，全都焕发出崭新的色彩和勃勃生机，这一切都属于他，都讲着他的语言。他不仅得到了一个爱人，还得到了整个世界。天空中的每颗星都在他的心中闪耀，他的灵魂迸发出欢喜的火花，他的爱让他找到了自己。可是大多数人的爱，只是让他们迷失了自己而已。

　　我对夏娃夫人的爱，似乎成了生命中唯一的内容，而且这份爱每一天都不同。有时我会有一种感觉，我全身心眷恋着的并不是她这个人，她只是我内心世界的一个象征，目的是要引导我往内心更深处走去。她的话听起来时常像是来自我的潜意识，来解答那些焦灼的、触动我的问题。还有些时刻，我对身边的她充满了火热的欲念，忍不住亲吻她触碰过的每个角落。就这样，精神之爱与肉体之爱、象征之爱与现实之爱渐渐重叠了起来。从那以后，每当我回到住处，在宁静的心里想起她时，我都会感到她的手握在我的手里，她的唇贴在我的唇上；或者每当我在她那里，看着她的脸庞，与她交谈，听着她的声音时，我都会感到一阵恍惚，不知道她究竟是真实的，还是我的一场梦。我开始求索如何才能维系一份长久的爱情。当我从书中获取新知，那感觉就像得到了夏娃夫人的吻一样，她轻抚着我的头发，向我露出一个成熟温暖的芬芳笑容，我似乎也在自己的内心之中前进了一步。总之，一切对我来说无比重要的事，都带有她的模样，她能将自己转化进我的每一个思想，我对她亦然。

圣诞假期到了，我要回父母的家里过节。我原本充满了忧虑，以为与夏娃夫人分离两周将是莫大的折磨，谁料事实并非如此，在家里思念她的滋味美妙极了。返校之后，我刻意等了两天才去看她，那两天的时间让我可以安心地、不依赖地享受与她共处的幸福。我还做了一些梦，梦中我与她结合的意象幸福极了：她是汪洋，我是入海的溪流；她是星辰，我是另一颗奔向她的星；当我们终于相聚时，便立刻被彼此牢牢吸引，幸福地相互绕行，永恒不歇。

节后第一次去看她时，我跟她讲了这个梦。

"这梦真美，"她平静地说，"您把它变成现实吧！"

早春的一天，我经历了永远难忘的一幕。那天我来到她家，走进厅堂，风信子的浓郁香气从一扇打开的窗子飘进来。屋里空无一人，我径自上楼去找德米安。在他的书房门口，我敲了敲门,然后便按老习惯推门而入,并没去等里面的回答。

房间里的所有窗帘都被拉上了,光线非常昏暗。通往隔壁小房间的门敞开着,那是德米安的化学实验室。春日的阳光穿过厚厚的乌云,从小屋那边透过来一些白晃晃的光。我以为屋里没人,便拉开了一扇窗帘。

德米安竟然就坐在一扇窗户的旁边,他蜷缩着,几乎纹丝不动。一个念头闪过脑海:这一幕我见过的!他的双手放在膝头,双臂毫无气力地垮着。他的头微微低垂着,双眼虽然睁开着,却呆滞无神,光线反射到他的眼球上,如同反射到一块玻璃上,毫无生机。他苍白的脸上除了漠然,没有一丝其他的神情,如同庙宇门上古老动物的浮雕,好像连呼吸都停止了。

多年以前,当我还是个小男孩时,也曾看到过这样的一幕。他的双眼向内观想,双手毫无气力地垂着,一只蝇虫从他的脸上爬过。那大约是六年前吧,当时的德米安看起来跟现在的年纪一样,甚至脸上的每一条纹路都没有改变过。

我惶恐不已,蹑手蹑脚地退出书房,走下了楼。在厅堂里,我见到了夏娃夫人。她的脸色也很苍白,而且很疲惫,我从没见过她这副样子。一道阴影遮蔽了窗棂,明晃晃的阳光霎时间不见了踪迹。

"我刚去看了德米安,"我急切地说道,"出什么事了吗?他睡着了,或者在出神,我不知道究竟是怎么了。他这个样子,我以前看到过一次。"

"您没有把他叫醒吧？"她急忙问道。

"没有。他没有听到我进屋，我马上就退了出来。夏娃夫人，请告诉我他怎么了？"

她用手背擦了擦额头。

"别担心，辛克莱，他没事。他只是缩回他的自我之中了，很快就会回来的。"

尽管外面开始下起了雨，她还是起身离开厅堂，走进了花园。我感觉她不想让我跟着，于是我便在厅堂里来回踱步，闻着风信子的醉人香气，盯着门框上方的那幅画，不安地呼吸着今天一早就弥漫在这房子里的压抑氛围。这是怎么了？发生了什么事？

没过多久，夏娃夫人就回来了，黑色的头发上还挂着雨滴。她坐进她的靠椅里，神色疲惫。我走到她身边，俯身亲吻她头发上的雨滴。她的双眼平静而明亮，可那些雨滴却透出眼泪的味道。

"我要去看看他吗？"我轻声问道。

她有气无力地笑了笑。

"别孩子气了，辛克莱！"她高声说道，仿佛在挣脱内心的一道束缚，"请您暂且离开一下吧，过段时间再来。我现在没有办法与您交谈。"

我边走边跑地离开了他们家，穿过城里，朝山的方向走去。斜风细雨迎面而来，乌云低低地压在头顶，像是某种恐惧。地上几乎没有什么风,而天上却狂风大作。有几个瞬间,苍白的阳光穿过铅灰色的乌云,投下了几缕光线。

天边飘来一朵松散的、黄色的云,朝着那片铅灰色的乌云奔去。霎时间,大风将黄云和蓝天的相交处吹成了一只庞大的鸟,它挣扎着想要远离那片蓝灰色的混沌,想要向高空飞去。风暴随即便来了,大雨混杂着冰雹倾泻而下,冲击着原野。迅疾、骇人、恐怖的惊雷响彻原野上空。紧接着,一道阳光破云而出,照向附近的群山,棕色树林上的苍白积雪惨淡地闪着光,看起来很不真实。

几个钟头之后,被风雨吹打得狼狈不堪的我,重新回到了夏娃夫人处,德米安亲自给我开了门。

他把我带进他的房间,实验室里燃着一小簇火苗,四周散落着纸张,看起来他刚才在工作。

"快坐下吧,"他关切地说,"你累坏了吧,这天气真是太可怕了。你一看就是在外面待了很久,茶马上就来。"

"但我也没白淋这场雨,"我吞吞吐吐地说道,"那不单纯是一场雷雨而已。"

他仔细地打量着我。

"你是不是看到了什么东西?"

"是的,有一瞬间,我在云中清晰地看到了一幅画面。"

"什么样的画面?"

"那是一只鸟。"

"是那只鹞鹰吗？你的梦中之鸟？"

"是的，是我的鹞鹰。它是黄色的，无比巨大，展翅飞向墨蓝色的天空。"

德米安深吸了一口气。

敲门声响起，女仆送来了热茶。

"请喝茶，辛克莱。我想，你看到那只鸟不是个偶然吧？"

"偶然？人们会偶然看到这样的景象吗？"

"你说得对，这绝非偶然。它一定有着特殊的含义，你怎么认为？"

"我没想太多，只是觉得它象征着一种动荡，是命运里的一跃，我想，它与我们所有人都有关。"

他激动地来回踱步。

"命运里的一跃！"他高声复述道。

"昨天夜里，我梦见了跟这一样的征兆，我的母亲也在昨天接收到了同样的预感。我梦见自己在爬梯子，梯子搭在树干或是塔上，当我爬到顶端向下俯瞰时，只见平坦开阔的大地上，无数城市和村庄淹没在熊熊大火之中。我还不能把整个梦都告诉你，有些东西我还不明白。"

"你觉得这个梦是关乎你个人的吗？"我问道。

"关乎我？那是自然。没有人会做与自己无关的梦。可是你说得对，这梦绝不仅仅与我个人有关。我一眼就能认出那些昭示我灵魂动向的梦，可其他那些昭示全人类命运的梦境，我却很少有过,而且没有一个算得上预言梦——会实现的那种,一个都没有过。这个梦的寓意太模糊了,但有一点很确定,就是这个梦绝非只关乎于我。这个梦与我之前做过的一系列的梦是连续的。辛克莱,正是这一系列的梦让我有了那些预感,我曾跟你讲过的:这世界已经相当腐朽了,可这也不足以预言世界马上就要灭亡了。只是近几年我做了一些梦,它们让我确信,或者说让我感觉到,这个世界的崩溃近在眼前。这感觉起初还很微弱,很遥远,但是之后越来越清晰,越来越强烈。可以肯定的是,一场宏大的、可怕的风暴即将到来,连我自己也将被卷入其中。辛克莱,我们谈起过的变革,就要被你我亲身经历了!世界将会革新,我嗅到了死亡的味道。可是没有死亡就没有重生,这一切比我之前预想的还要可怕得多。"

我注视着他,惊恐万分。"你能不能告诉我梦里余下的情节?"我恳求道。

他摇了摇头。

"不能。"

门开了,夏娃夫人走了进来。

"你们俩都在啊!孩子们,你们是在难过吗?"

她看上去倦色全无,容光焕发。德米安朝她笑了笑,她向我们走过来,好像一位母亲走向受惊的孩子们。

"我们并不是难过,母亲,我们只是揣测了一下这些最新的预兆。不过这也没什么意义,该来的总会来的,就是一瞬间的事罢了，到时候我们就知道了。"

我依旧郁郁不安。告别了他们后，当我再度穿过厅堂时，风信子的香气闻起来死气沉沉，一个巨大的阴影将我们笼罩了起来。

结局拉开了序幕

Demian: die geschichte von emil sinclairs jugend

第八章

整个暑期我都留在了H城。我们几乎整日待在河边的花园里，不怎么回家。那个日本人走了，对了，他输掉了和德米安的拳击比赛。那位托尔斯泰的拥趸也离开了。德米安养了一匹马，天天都在马背上，所以我常常和他的母亲独处。

有时我会惊叹于生活的宁静。长久以来，我已经习惯了孤单，不断练习着失去，努力与痛苦缠斗，可是在H城的这几个月，我却像身在一座梦幻岛屿，这里的生活仿佛被施了魔法，这里的一切事物都是美好的，这里的一切感受都是舒适的。我想，这应该是种前奏，来自我们所相信的那个崭新的、更高的社会维度。可每当我咀嚼这份幸福感时，却总能在其中品出些悲伤的味道，因为我知道，这种童话的状态不会持久了。在富饶和惬意中徜徉并不是我的命运，我注定是要遭受折磨和痛苦的。我心里清楚：终有一日我会从眼下的美梦中醒来，孑然一身，重新回到另外那个冰冷的世界，除了孤独和斗争，一无所有，没有宁静，也没有同伴。

想到这些，再看看身旁的夏娃夫人，我的心就倍加柔软起来，愈发珍惜眼前这静好的时光。

暑期的几周过得飞快，夏天已接近尾声，告别的日子近在眼前了。我不能想，也不愿去想这些，只是纵情眷恋着每一个剩下的好日子，像一只蝴蝶眷恋着多蜜的花朵。这是我人生中的甜蜜时光，是我人生里的初次圆满，我被团契接纳了。接下来，迎接我的又将是什么呢？我又要陷入与自己的战斗了，承受欲念的折磨，不停地做梦，又要重回孤身一人的状态。

有一天，这种离愁别绪发作得格外强烈，使得我对夏娃夫人的爱也难以抑制地燃烧起来，痛苦异常。上帝啊，我很快就再也不能见到她了，再也听不到她穿过屋子时那坚实的脚步声了，再也看不到她摆到我桌上的花！我都做了些什么啊？只是一味地做梦，沉浸在满足感里，却从未试图去赢得她，将她永远地留在身边！她对我讲过的所有关于真爱的话，此时全都浮现在脑海里，那是千百个精致的告诫，千百个轻柔的诱惑或者承诺……可我又是如何反应的呢？毫无反应！一点也没有！

我站在我的房间中央，集中起全部的意念想着夏娃夫人。我想要凝聚起灵魂的力量，让她感受到我的爱，让她来到我身边。她一定会来，会期盼我的拥抱，我会吻住她那双成熟的、饱含爱意的唇，一直吻下去。

我就那样全神贯注地站着，直到自己从手到脚一点点凉透，我感到筋疲力尽。有几个时刻，我感到自己的内在有什么东西凝聚了起来，它明亮又冰冷。有那么一瞬间，我感到自己的心中出现了一颗水晶，我知道，那是真正的我。随后，寒意没入胸膛。

当我从这恐怖的紧张感中醒过神时，我感觉到有什么正在朝我走来。

尽管我疲惫至极，可依旧期盼着夏娃夫人的到来，兴高采烈、饱含深情地到来。

正当此时,长街上响起了马蹄声,那声音又近又沉重,忽地又停住了。我跑到窗边向下望去,那是德米安和他的马,我急忙跑下楼去。

"怎么了,德米安?是不是你的母亲出事了?"

他没有理会我的话,脸色苍白,汗珠从额头滑向脸颊。那匹马也是汗流浃背,冒着热气。他把缰绳拴在栅栏上,拉住我的手臂向街道走去。

"你已经知道了吧?"

我听不懂他的话。

德米安握住我的胳膊,把脸转向我,眼神里满是忧虑与悲悯。

"是这样的,老弟,该来的还是来了。你知道的,我们跟俄国在紧张对峙。"

"什么?战争开始了吗?我一直都不敢相信。"

尽管四下无人,他的声音却出奇地低沉。

"还没有宣战,但战争已经不可避免了,这一点不用再怀疑。我原本不想再用这个话题让你忧心,可自从那次之后,我已经连续三次看到战争的预兆了。那预兆明明白白,不是世界末日,不是地震,也不是革命,而是战争。你将会亲眼看到,战争意味着怎样的天翻地覆!人们已经等得不耐烦了,恨不得现在就厮杀起来,他们的生活已经枯竭到了这种地步!你看着吧,辛克莱,这才仅仅是开始而已。也许它还会演变成一场极大规模的战争，即使到了那一步，也仅仅是开始。新的时代就要开始了，对于那些留恋旧时光的人来说，即将到来的一切都是可怕的。你有什么打算吗？"

我已经惊住了，这一切在我听来是那么的陌生和不可思议。

"我不知道，你呢？"

他耸了耸肩："一旦动员令下来，我就得入伍了。我是个中尉。"

"你？中尉？我居然完全不知道！"

"是我瞒得太深了。你知道的，我一向不喜欢张扬，为了不行差踏错，常常过分地谨言慎行。不出意外的话，八天之后我就已经在战场上了。"

"天哪！"

"老弟，现在不是多愁善感的时候。被命令去射杀活生生的人，当然不会给我任何快感，可这还是次要的，我们每个人都会被卷入这个巨大的涡旋。你也不例外，不久之后也会被征召入伍的。"

"那你的母亲怎么办，德米安？"

直到此刻，我才回过神来，想到了一刻钟以前自己心中的牵挂。这个世界是多么无常啊！我方才还在集中所有气力，去营造最最甜美的画面，可是片刻之后，命运却戴着一副咄咄逼人的灰色面具注视着我。

"我的母亲？我们不用担心她。她是安全的，她比当今世上的任何一个人都更安全。你这么爱她吗？"

"德米安，你已经知道了？"

他开怀大笑。

"老弟！我当然知道啦，每个叫她夏娃夫人的人都爱她。对了，刚才是怎么了？你在召唤她或是我，对吗？"

"是的，我刚才在呼唤夏娃夫人。"

"她感应到了，所以立刻就让我过来，我必须来找你。我刚刚也把俄国的消息告诉了她。"

我们掉头往回走，不再说些什么。他解开缰绳，跳上了马背。

待我回到楼上的房间时，才意识到自己多么的筋疲力尽，一部分是因为德米安刚才带来的消息，更多的，则是因为那之前聚气凝神的紧张。可是夏娃夫人听到了我！我的思想抵达了她的内心！如果不是被关于俄国的消息打断，她原本是要来找我的，那么一切将是多么美好啊！可现在战争就要到来了，我们谈了又谈的事情就要应验了。虽然德米安已经预先感知到了这么多，可事到临头，我还是感觉不可思议。突然之间，世界的洪流不再从我们身畔流过，而是径直穿过我们的心脏。狂野的命运和冒险在召唤我们，在此刻，或者在不久的将来，世界需要我们去完成它的变革。德米安说得对，伤感于事无补。这件事最奇特的地方在于，"命运"原本是件孤独的事情，可现在我却要与千千万万人、与全世界一起去体验了。那就来吧！

第八章 结局拉开了序幕

我准备好了。这天晚上当我穿过市区的时候,街头巷尾都在议论着这件大事,随处都能听到那个词——"战争"!

我去看了夏娃夫人,我们俩在凉亭中吃了晚饭,只有我们两个人。没有人提起战争,只是晚些时候,在我告别之前,夏娃夫人对我说道:"亲爱的辛克莱,您今天呼唤了我,您应该也已经知道了,我为什么没有过去。但请不要忘了:您现在已经掌握了这种呼唤的方式,不管到了什么时候,当您需要召唤该隐的后人时,都可以这样做!"

她起身走向花园里的余晖,信步穿过沉默的大树,走进弥漫在枝丫间的秘密。在她的头顶之上,群星闪烁。

我的故事已接近尾声。后来的一切事情,都发生得犹如风驰电掣。战争很快就爆发了,德米安穿上银灰色军服的样子陌生得很。我将夏娃夫人送回了家,不久之后也去辞行,她吻住我的嘴唇,将我紧紧拥在胸前,她的大眼睛炽热又坚定地注视着我。

一夜之间所有人突然都成了兄弟,张口闭口谈的都是祖国和荣誉。但这就是命运,人们在一瞬间瞥见了命运被遮蔽良久的面容。年轻人离开营地登上了火车,我在很多人的脸上都看到了印记,虽然不是我们这种,但却同样美好而庄严,象征着爱与死亡。我时常被陌生人拥抱,我能够理解他们的举动,所以欣然接受。那拥抱来自一种醉意,虽然不是命运的意志,但同样是神圣的。而那份醉意,大抵缘于他们曾在某个瞬间窥见了命运的眼睛。

我抵达战场的时候，已经接近入冬了。

尽管射击会带给人兴奋感，可战场上的一切，还是让我从一开始就失望透了。我曾经思考过很久，为什么极少有人能为了某个理想活下去。而如今我却亲眼看到很多人，甚至是所有人，都有能力为了某个理想而死。只是这个理想不能是个人的、自由选择的理想，而必须是共同的、被动接受的理想。

随着时间的推移，我发现自己低估了这些人。军人的使命和共同面临的危险，将他们拧成了一股绳，无论活着还是奄奄一息，我亲眼看着许多人壮烈地奔赴命运的意志。无论是在作战时还是其他时候，很多人的目光都是坚忍而深邃的，竟有些像觉醒者的眼神，不问前途、全情献身。无论他们信奉和追求的是什么，他们都准备好了。他们的存在自有其意义，崭新的未来将由他们塑造而出。这世界越是专注地鼓噪战争和英雄事迹、喧嚷光荣和陈腐的理想，人性的声音就变得越发遥远和不真实。而这一切只是种表象，恰如战争的外在政治目标也只是种表象。在整个时代的深处，有什么东西却正在形成之中，那是一种崭新的人性。我看到许许多多的人——有些甚至就死在我的身旁——他们已经强烈地感受到了这一点：仇恨、愤怒、杀人和屠戮根本与对象无关，也与战争的目标无关，这些都是偶然的。那最原始、最狂暴的感觉不是针对敌人的，这股血腥的冲动分明来自内部，来自分裂状态下的灵魂，是灵魂想要怒吼、杀人、屠戮和赴死，然后得到重生。一只巨型的鸟在奋力出壳，蛋壳就是这世界，这世界必须破碎，必须倾覆。

初春的一个夜晚，我在占领区的一片农庄上站岗。风懒洋洋地吹拂着，天上的云也在排兵布阵，月亮躲到了云后面。白天的时候，我的心中一直十分不安，某种焦虑搅扰着我。此刻站在漆黑的哨岗上，我用心回忆着迄今为止的人生画面，思念着夏娃夫人和德米安。我倚着一棵白杨，凝望着浮云流转的天空，那神秘的光彩霎时间构成了巨大的、翻滚着的意象。我的脉搏变得微弱，肌肤开始对风雨变得钝感，内心涌起阵阵波澜，这一切都在告诉我，有位引路人就在我身边。

我在云中看到了一座庞大的城市，数以百万的人们逃离那里，在一望无垠的原野上流离失所。一位像山一样高大的人出现了，她的面庞酷似夏娃夫人，头发闪耀着群星的光辉。只见她走进人群，人们便一群一群地消失在她的身躯中，不见了踪迹，仿佛进入一个巨大的山洞。随后，这位女神从天而降，额上的印记闪闪发光，似乎带着梦的旨意。她双眼紧闭，表情痛苦，突然大叫一声，星星从她的额头迸射出来，成千上万光芒灿烂的星星在漆黑的夜空中划出一个弧线。

一颗星星带着尖锐的呼啸声向我飞来，似乎在寻找我，继而骤然炸裂成无数火花，将我猛地抛向空中，又重重地摔落在地，整个世界在我的头顶轰然崩塌。

人们在杨树边找到了我，我满身尘土，伤痕累累。

他们先把我在地下室里安置下来，枪炮的呼啸声不绝于耳。之后我又躺进车里，颠簸着穿过空旷的田野。多数时间里，我都处于熟睡或者昏迷的状态，然而我睡得越深，就越是能强烈地感受到一种召唤力，仿佛来自天上的主宰。

我一度躺在马厩的稻草上，四周伸手不见五指，来来往往的人会不时踩到我的手。可我内在的声音要我挺住，并且更加强烈地牵引住我。之后我再次上了车，随后又被抬上担架或是扶梯，被召唤的感觉愈发强烈了，我整个人都被前往某地的冲动填满了，除此之外再无其他感觉。

终于，我抵达了目的地。时间已是深夜，可我的神志完全清醒，而且仍然能够感受得到那股牵引力。我躺在一个大厅的地板上，心里回荡着一种感觉：我到了，这就是一直在召唤我的地方。我环顾了一下四周，紧邻着我的床位上躺着一个人。他探过身子看着我，我一下就认出了他额上的印记，那是马克斯·德米安。

我说不了话，他好像也不能，或者不想，只是静静地看着我。灯光从他的脸上掠过，一直照到墙上，他在朝我微笑。

他就那样直直地看着我的眼睛，仿佛看了一个世纪之久。随后，他缓缓地把脸凑到我面前来，两张脸近得几乎要碰到了。

"辛克莱！"他轻声唤道。

我冲他眨了眨眼睛，示意自己听得到。

他的脸上重新有了笑意，那近乎是一种同情。

"你这个小家伙！"他微笑着说。

他的嘴离我很近，轻轻地继续说道。

"你还记得弗朗茨·克罗默吗？"他问。

我冲他眨了眨眼，也笑了。

"小辛克莱，你要保重！我必须走了。也许你将来还会遇到克罗默或是别的困扰，还会需要我。可等你召唤我的时候，我不会骑着马或者坐着火车奔到你身边来了。你必须倾听自己内在的声音，然后就会发现，我一直都在，就在你心里。你听懂了吗？还有！夏娃夫人说，如果你遭遇了不幸，她托我转交给你一个吻……闭上眼睛，辛克莱！"

我顺从地闭上了眼睛，一个吻轻轻地落到了我的唇上，双唇是个永远都充满鲜血的地方。之后我沉沉睡去。

第二天早上，我被叫醒进行包扎，我刚一清醒，就立刻看向旁边的床位，那里躺着一位我从没见过的病人。

包扎伤口很痛，自此之后的一切人生经历都很痛。可有时我会找到钥匙，潜入自我的深处，找到那面黑暗的镜子，命运的图景就在镜子中熟睡着。我只需朝那黑暗的镜子探过身去，就能立刻映出我的身影，如今，那身影已然与他完全相同了——我一生的挚友，我的引路人。

武志红主编
可以让你变得更好的心理学书

《我们内心的冲突》
[美]卡伦·霍妮 著

每个人都有内心冲突，但什么样的冲突会导致心理疾病呢？这些冲突是如何形成的，怎样才能从这些冲突中突围呢？本书是世界著名心理学家和精神病学家卡伦·霍妮的代表作，导读则是在中国享有盛誉的资深心理咨询师、畅销书作家武志红。

《我与你》
[德]马丁·布伯 著

《我与你》是二十世纪最伟大的哲学家之一的马丁·布伯的代表性作品；武志红老师主编和精彩导读。武志红说："一直以来，对我影响最重要的一本书，是马丁·布伯的《我与你》。"

《恐惧给你的礼物》
[美]加文·德·贝克尔 著

一本心理学奇书。用惊心动魄的故事，凝视人性的深渊。教你依靠直觉，瞬间看透人心。这本书是每个人必备的生存手册，是加文·德·贝克尔亲身经历和丰富经验的真实总结。它史无前例提出的危险预测法，在关键时刻可以救你的命。武志红老师主编和精彩导读。

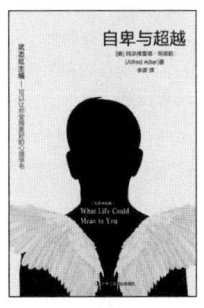

《自卑与超越》
[奥]阿尔弗雷德·阿德勒 著

《自卑与超越》是个体心理学的先驱——阿尔弗雷德·阿德勒的代表作品，是人类个体心理学经典著作。
武志红老师主编和精彩导读。

武志红主编
可以让你变得更好的心理学书

《乌合之众》
[法]古斯塔夫·勒庞 著

《乌合之众》是群体心理学的巅峰之作；弗洛伊德、荣格、托克维尔等心理学大师，和罗斯福、丘吉尔、戴高乐等政治家都深受该书影响。
武志红老师主编和精彩导读。

《心灵地图》
[美]托马斯·摩尔 著

这是一本影响深远的书，将告诉我们如何在阴影中行走，它补全了我们失落的一角。

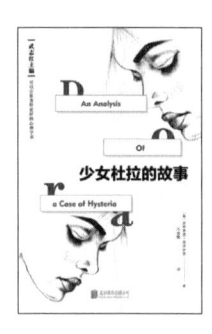

《少女杜拉的故事》
[奥]西格蒙德·弗洛伊德 著

《少女杜拉的故事》是弗洛伊德将精神分析和释梦理论运用于实践的经典案例。读这本书不仅可以领略到精神分析强大、诱人的魅力，还可以从中寻找到走出原生家庭，获得治愈的路。

《每个孩子都需要被看见》
[加]戈登·诺伊费尔德 [加]加博尔·马泰 著

本书从父母与孩子的依恋关系入手，深入剖析不健康原生家庭是如何伤害孩子的，并提出原生依恋关系的6种建立方式。知名心理学家武志红主编并作序推荐。

武志红 主编
可以让你变得更好的心理学书

《晚年优雅》
[美]托马斯·摩尔 著

心智不经磨难,就不会成熟;灵魂不经淬炼,就不会呈现。而《晚年优雅》这本书,让我们看到了变老的另一种模式——接纳变老的事实,让灵魂经受淬炼。
畅销书《心灵地图》作者托马斯·摩尔的又一部力作!武志红老师主编和精彩导读。

《性学三论》
[奥]西格蒙德·弗洛伊德 著

我们对性的所有困惑,都将在本书中找到答案。
《性学三论》是人类性学领域的奠基之作,可以让人从本质上了解"性",而这些本质的了解,不仅能帮我们正视自己的性,更能帮我们懂得别人的性,从而将性衍生为生命的动力。

《深度看见》
[美]米尔顿·艾瑞克森 史德奈·罗森 著

作为现代催眠之父,这本书以纪实的方式,记录了艾瑞克森进行催眠的完整过程,不仅包含众多真实案例,更有他对于催眠及潜意识所总结出的珍贵经验,是了解催眠和潜意识领域的必读书目。

《德米安:彷徨少年时》
[德]赫尔曼·黑塞 著

诺贝尔文学奖得主赫尔曼·黑塞传世之作。
彷徨不止少年时,我们终其一生,都在唤醒自己。